AF220406

Robert Lemagne

Sex-Report Schweden 2026

Reise in eine nicht allzu ferne Zukunft.
Ein frivoler futuristischer FemDom-
Roman

Dieses Buch ist meiner geliebten Ehefrau Sabrina gewidmet. Sie hat mich durch Liebe, Strenge und konsequente Erziehung zu einem rücksichtsvollen, einfühlsamen und treuen Ehemann geformt.

Ohne ihre sachkundige und engagierte Mitarbeit an diesem Werk hätte ich dieses Buch nicht veröffentlichen können.

Herzlichen Dank!

Robert Lemagne

Robert Lemagne

Sex-Report Schweden 2026

Reise in eine nicht allzu ferne Zukunft.

Ein frivoler futuristischer FemDom-Roman

Impressum

Bibliografische Information der Deutschen Nationalbibliothek:
Die Deutsche Nationalbibliothek verzeichnet diese Publikation in der Deutschen Nationalbibliografie; detaillierte bibliografische Daten sind im Internet über
http://dnb.dnb.de abrufbar.

© 2021 Robert Lemagne

Herstellung und Verlag: BoD – Books on Demand, Norderstedt

ISBN: 978-3-7534-9598-9

Inhaltsverzeichnis

Einchecken 7

Stockholm 1 18

Uppsala 36

Göteborg 60

Malmö 78

Ystad 119

Karlskrona 138

Stockholm 2 170

Rückreise 193

München 198

Kleines erotisches Wörterbuch D/S 215

Zeittafel Schweden 2018 – 2026 219

Nachwort 238

Einchecken

in den Sex-Report Schweden 2026

Stockholm, 14. September 2026

In Absprache mit meinem Verleger und dem uns beratenden wissenschaftlichen IfSDZGF-Institut (*1) flog ich alleine für eine Woche von München nach Stockholm. Meine Frau brachte mich am Morgen zum Flughafen und verabschiedete sich mit den Worten: „Schön fleißig sein und brav bleiben, klar?" Sie gab mir einen Kuss und einen leichten Klaps mit der Hand auf den Po. Ich nickte erregt und freute mich auf die Schwedinnen. Ursprünglich hatte ich den Aufenthalt in Schweden gemeinsam mit meiner Frau Sabrina geplant, doch es scheiterte an zwei Punkten: Die Mittel des Vorhabens waren sehr knapp bemessen und meine Frau hatte einen wichtigen 3-tägigen beruflichen Termin in dieser Zeit aufgedrückt bekommen, so konnte sie leider keinen Urlaub nehmen und mich begleiten. „Dann verbringe ich eben die Woche alleine in Schweden, dort gibt es ja bekanntlich hübsche Frauen, vielleicht beißt sogar eine meiner Gesprächspartnerinnen an?" dachte ich im Stillen.

Da die Benutzung von Fliegern in den letzten sechs Jahren durch die Kerosinsteuer extrem verteuert wurde, gab es nur einen Hin- und Rückflug, in Schweden sollte ich die Bahn und Busse nutzen. In der schwedischen Hauptstadt mietete ich mich im Scandlines-Hotel, nahe des Hauptbahnhofes, in der „Kungsgatan" in der Stockholmer Innenstadt ein. Die Scanlines-Hotelkette ging aus einer Reihe von vor drei Jahren verstaatlichten Hotels hervor. Sie sind einfach, und zweckmäßig eingerichtet, die Fahrstühle dort sind nach den Geschlechtern getrennt. Daran muss man sich hier in Schweden einfach gewöhnen. Ich hatte vor eine Woche in der Hauptstadt und in sechs weiteren Städten Südschwedens zu bleiben und dort meine Gespräche mit den vom Institut geknüpften Kontaktpersonen zu führen. Um sparsam mit den Projektmitteln umzugehen kaufte ich mir jeweils ein Tages-Ticket für die Öffentlichen Verkehrsmittel, denn Autofahren ist in allen schwedischen Großstädten weder möglich noch sinnvoll. Der private PKW-Verkehr mit Diesel- oder Benzin-Motoren ist in Schwedens größeren Städten seit 2023 verboten, auch die verstärkt zum Einsatz kommenden E-Autos wurden im letzten Jahr weitgehend aus den Innenstädten der Großstädte verbannt. Mit Fahrrädern, E-Roller und natürlich zu Fuß war man in Schwedens Städten unterwegs.

Ich war ja nur mit einem Koffer Gepäck und einer Umhängetasche hier. Zu Fuß und mit dem Stadtbus erkundete ich erstmal meine nähere Umgebung. Nahe dem Hotel lag der zentrale Platz

Stockholms, Segels Torg, welcher baulich unpassend zusammengestellt ist und sehr unübersichtlicher wirkt. Stockholmer nennen ihn oft den hässlichsten Platz ihrer schönen Stadt. Da jedoch viele Geschäfte, Kulturhaus und Kaffees liegen, sparzierte darüber und kaufte ein neues Ladegerät für mein neues **Smartphone S-5000** ein. Das Teil ist auf dem aktuellsten technischen Stand und ich hatte es als neueste Errungenschaft von meinem Verlag für diese Reportage zur Verfügung gestellt bekommen. Ich ging durch die „Gamla-Stan" zwischen den Meerbusen „Riddrfafjärden" und „Saltsjörn" zum bekannten Stadtviertel „Södermalm", wo meine ersten Kontaktpersonen wohnten. Die Umgebung war sehr ansprechend.

Das Hotelzimmer wurde für kurze Zeit so etwas wie ein „Back-Office" für mich. Es würde also leider kein Urlaub mit meiner lieben Frau oder einer Bekannten werden, sondern wohl nur ein Arbeitsbesuch im Land der Blondinen und Schären. Ich wollte in Stockholm zwei Besuche von Kontaktpaaren durchführen und in fünf weiteren Städten Schwedens gesprächsbereite Paare treffen, die mir Auskunft über die Entwicklung von 2018 bis 2026 geben wollten und konnten. Ich kannte meine Gesprächspartner bisher nicht und hatte sie auch vor meinem Besuch dort nicht kontaktiert. Allerdings hatte ich über jedes von mir zu besuchende Paar ein kleines Dossier, inklusive Handynummern, Namen und persönliche Daten erhalten, welches auf meinem Smartphone abgespeichert war. Ich schickte den sieben weiblichen Kontaktpersonen, Männer wurden mir nicht näher genannt, jeweils eine WhatsApp, um mit ihnen bei möglicher Terminabsprache und Adresse keine Probleme aufkommen zu lassen oder diese zu beheben. Ich hatte innerhalb einer knappen Stunde die Rückmeldungen „akzeptiert" von Clara, Lilly, Eva, Beatrice, Birgitta, Jenny und Helen erhalten. Also konnte organisatorisch nur noch wenig schief gehen.

Die Gesprächspartner wurden mir vom Verlag im Einvernehmen mit dem Institut zugewiesen. Es waren wohl Frauen und Männer, die irgendwie positiv in der schwedischen Gesellschaft aufgefallen sein mussten, um von der dortigen Partnerorganisation dem IfSDZGF-Institut aus Deutschland Gesprächspartnerinnen und -partner zu offerieren. Es ging um die in den letzten acht Jahren immer aktueller werdende Themen die auch in Deutschland diskutiert werden wie: Was ist einvernehmlicher Sex? Wie wirkt sich das Zustimmungsgesetz, oder konkreter „Nur-Ja-Heist-Ja-Gesetz" für die Betroffenen aus? Hat das Verbot der Prostitution und die Verfolgung von Upskirting und Stealthing die reale emotionale Entwicklung der Geschlechterverhältnisse in der schwedischen Gesellschaft beeinflusst? Auch in Deutschland sind diese Debatten ja nicht ganz wirkungslos geblieben. In diesem schönen skandinavischen Land verlief die einschlägige Entwicklung jedoch etwas anders als bei uns.

Das schwedische Zustimmungsgesetzes, welches zum generellen Ja-Sagen-Müssen vor dem GV verpflichtet, ist in den anderen EU-Staaten sehr umstritten. Viele verurteilen es als „unerotisch", es gibt aber auch eine sehr starke Lobby von Befürworterinnen, auch und gerade in Deutschland. Darum ist diese Reportage im Jahr 2026 vielleicht auch innenpolitisch für unser Sexleben in Deutschland und für unser Strafrecht sehr interessant. Es gibt in fast allen im Bundestag vertretenen Parteien Abgeordnete, die ein ähnliches Recht auch in Deutschland einführen wollen. Mein Bericht könnte also eine gewisse Brisanz haben.

Wie ich schon vor Beginn der Reise in Erfahrung bringen konnte, gibt es seit fünf Jahren in Schweden und Dänemark eine sogenannte „GV-Zustimmungs-App" für die Staatsbürger beider Länder ab dem 18. Lebensjahr. Mit und über diese App, die in der Umgangssprache in Dänemark „Bums-App" heißt und die alle Schwedinnen und Schweden volkstümlich „Fick-App" nennen, können dem Vernehmen nach diese ihr Geschlechtsleben kommunizieren und letztlich auch straffrei organisieren. Die meisten Frauen und Männer in den beiden Ländern dürften diese GV-Zustimmungs-App auf ihrem Smartphone haben. Das vor einigen Jahren erlassene Züchtigungsgesetz, das der schwedischen Frau das Recht einräumt, erst ihren Gatten zuhause und dann ihre männlichen Untergebenen im Berufsleben körperlich zu züchtigen, hat seinerzeit ja europaweit für ein gewisses Aufsehen gesorgt. Man hat dies in der Öffentlichkeit jedoch schnell als „innerschwedische Erziehungsfrage" kopfschüttelnd akzeptiert. Auch das wollte ich näher erkunden. Ich war gespannt, ob ich zu diesem heiklen Thema etwas erfahren oder gar erleben würde. Mir wurde dabei etwas mulmig, doch gleichzeitig erregte mich der Gedanke enorm.

Die Gespräche wurden von mir vorwiegend in schwedischer, manchmal auch in englischer Sprache geführt, jedoch wechselten wir, wenn nötig, auch manchmal einige Worte in meiner Heimatsprache. Um den deutschsprachigen Lesern die Lektüre einfacher zu machen, habe ich nach Beendigung meiner Reise alle Original-Aufnahmen ins Deutsche übersetzt. Allerdings war es notwendig, das Wort „samlag" (und die dazugehörende „samlag-App") für „GV/Geschlechtsverkehr" in schwedischer Sprache im Text zu belassen, wie ein paar andere typische erotische Äußerungen der einen oder anderen Dame oder eines Gesprächspartners. Der Verweis auf die deutsche Übersetzung folgt am Ende des jeweiligen Kapitels. Im Anhang dieses Buches ist für die deutschsprachige Leserschaft ein kleines Wörterbuch (deutsch / schwedisch) mit den wichtigsten, meist erotischen Begriffen aus dieser Reportage angefügt. Diese sind im Text zwar in deutscher Sprache, jedoch *schraffiert* gedruckt. Bei Interesse kann der deutschsprachige Leser diese Begriffe dann in der so oder so ähnlich von meinen Gesprächspartnerinnen und -Partnern ausgesprochenen Wörter in original schwedischer Sprache nachlesen. Alles klar?

Ebenfalls im Anhang dieses Buches ist für das bessere Verständnis der politischen und sexualstrafrechtlichen Entwicklung in Schweden eine „Zeittafel 1999 – 2026" abgedruckt, welche die für diese Reportage wichtigen Gesetzesänderungen, bemerkenswerten Vorkommnisse und Beschlüsse der Schwedischen Regierung schlaglichtartig dokumentieren. Es empfiehlt sich, diese Zeittafel, wenn möglich, vor der Lektüre der einzelnen Report-Kapitel zu lesen oder zumindest kurz zu überfliegen. In den Reportbeiträgen wurde auf verschiedene wichtige schwedische Fakts inhaltlich aufgebaut und über sie gesprochen.

Ich war sehr gespannt was mich da erwartete. Ich war mit einem in der EU vor zwei Monaten neu auf den Markt gekommenen Smartphone ausgestattet, welches fast unbegrenzte MB-Speicher hat und eine Aufnahmekapazität von Musik und Gesprächen von bis zu 24 Stunden aufweist. Alle geführten Gespräche wurden so mit ausdrücklicher Zustimmung meiner schwedischen Gesprächspartnerinnen und Gesprächspartner aufgezeichnet. Diese hatten meine Handy-Nummer und meinen Vor-

Nachnamen, um eventuell auftretende organisatorische Probleme vor oder nach dem Treffen besprechen zu können. Nur beim letzten Gespräch in Stockholm kam ich da leider etwas ins Schleudern, Sie werden es verstehen. Ich bekam jedenfalls von einer Fachfrau meines Verlages eine einstündige Einweisung in das wertvolle und sehr bedienungsfreundliche Gerät, welches ich ja gut handhaben konnte. Im Hotel hatte ich alle heute üblichen Kommunikationsmittel zur Verfügung, nur meine Euros, und die in Schweden immer noch als Zahlungsmittel gültigen Kronen waren doch sehr begrenzt. So begnügte ich mich damit, bewundernd durch die Stadt der 14 Inseln und der 54 Brücken zu gehen, das Wetter war hell und sonnig.

Ich aß langweilige, aber auch sehr schmackhafte nordische Fischkreationen und interessante südländische Speisen, nur günstig mussten oder sollten sie sein. Für meine Zeit des Schweden-Aufenthaltes verzichtete ich fast völlig auf Alkohol, denn der war hier sehr teuer und auch schlecht zu bekommen. Nur am Abend meines jeweiligen Arbeitstages genehmigte ich mir ein „Dünnbier" mit 2,0 % Alkoholgehalt, für das ich in Bayern die vierfache Menge an trinkbarem Gerstensaft bekommen hätte. Aber ich war ja auch zum Arbeiten und nicht zum Trinken, Vögeln oder zur Erholung hier. Aufgrund der aus ökologischen Gründen verteuerten Flugpreise (CO-2-Abgaben) waren innerhalb Schwedens nur Zugreisen möglich. Da es mindestens seit 2021 ein sehr gut ausgebautes Hochgeschwindigkeits-Bahn-Netz in Schweden gibt, stellte das für meine Vorhaben kein Problem dar. Nach meinem ersten Gesprächstermin in Stockholm, war eine weitere Zusammenkunft mit einem Paar in der Universitätsstadt Uppsala geplant. Da dies verkehrsmäßig sehr gut an die schwedische Hauptstadt angebunden ist, wollte ich dort kein Hotelzimmer buchen, sondern noch am gleichen Tag nach Stockholm zurückkehren.

Dann wollte ich mein Domizil in Schwedens Hauptstadt vorläufig abbrechen und eine Rundreise mit eben dieser High-Tech-Bahn durch das flächenmäßig riesige Schweden unternehmen: Erst in die über 1000 km entfernte Stadt Göteborg, danach über Malmö und Ystad nach Karlskrona. Noch vor sechs Jahren wäre ich diese Strecken wahrscheinlich überwiegend geflogen, nur stellte der SNC-Verkehr eine sehr brauchbare Alternative zum Flieger dar. Vielleicht sehe ich ja so etwas mehr von der schönen Landschaft, dachte ich im Stillen. Von Karlskrona aus wollte ich dann zurück nach Stockholm fahren. Dort war dann meine letzte schwedische Übernachtung erneut im Scandlines-Hotel geplant, sowie das Abschlussgespräch in einer Stockholmer Firma natürlich unter der Leitung einer einflussreichen und sicher sehr forschen Dame. „Vielleicht ist sie ja doch etwas attraktiv", dachte ich und stellte mir im Geiste ihre nackten Titten und ihre mit blonden Härchen verzierte Muschi vor. „Oder hat sie eventuell doch eine glatt rasierte Pussy?" fragte ich mich gut gelaunt.

Natürlich konzentrierte ich mich dann auf meine Aufgabe. Das waren voraussichtlich natürlich keine nackten schwedische Frauen, sondern das Verhältnis der Geschlechter in Schweden zueinander. Die Frau – Mann -Verhältnisse zuhause kannte ich ja sehr gut, ich bin schließlich seit zehn Jahren mit Sabrina verheiratet. Es sollten besonderes die in den letzten Jahren erlassenen, in vielen Augen männerfeindlichen Gesetzten und deren Auswirkungen auf das Sexualleben der Betroffenen nachgefragt werden. Mir schwante eher Übles: Angefangen vom Frauen Nach-Pfeif- und -Schau-Verbot, über das Nur-Ja-heißt-Ja-Gesetz bis hin zum Recht der Schwedinnen, ihre verheirateten und andere Männer zu züchtigen, gab es also ein weites Feld der Repression in der schwedischen Gesetzgebung und Gesellschaft gegenüber meinem männlichen Geschlecht. Das wollte ich quasi „von innen" erforschen.

Die Spannung bei mir stieg. Ich legte mich auf mein Bett und versuchte meine Frau mit meinem Smartphone anzurufen, es meldet sich nur der AB. Ich meldete ihr kurz meine Ankunft in Schweden und legte wieder auf. Ich dachte an meine schwarzhaarige Sabrina und verglich geistig einige blonde Schwedinnen vom Flughafen mit ihr. Ich dachte an ihre Mahnung vom Vortag der Abreise: „Falls du auf die Idee kommen solltest und fremd zu gehen, erinnere dich bitte, was was vor drei Jahren los war. Du kennst die Abmachung!" Ja ich kannte sie noch sehr gut! Ich wollte weder Trübsal blasen, noch onanieren, also schlief ein.

Robert Lemagne

(*1) IfSDZGF = Institut für Schwedisch-Deutsche Zusammenarbeit in Geschlechter-Fragen

Stockholm 1

Ich fahre bei wolkig, sonnigem Wetter zu meiner ersten Reportage mit dem Bus vom Hauptbahnhof aus in das von mir am Vortag bereits erkundete Stadtviertel „Södermalm". Buchten und Halbinseln mit herrlichen Meerblicken umgeben mich. Die vor sechs Jahren hier neu gebaute „Goldbron"-Brücke überragt eindrucksvoll aber doch sehr filigran den Blick über den Meerbusen von der Altstadt bis zum ehemaligen Arbeiterviertel „Södermalm". Dieses hat sich nicht erst seit der vor sechs Jahren aus China importieren Brücke hat zum Szeneviertel für Künstler und Kreative Stockholms entwickelt. Ich stellte mich neben eine am Pier angelegte Bar- kasse, machte von mir ein Selvi mit der Goldbron- Brücke und schickte es stolz an meine Frau Sabrina. Die Luft war erstaunlich gut, auf den Straßen sah ich fast keine Autos, dafür umso mehr Fahrräder und E-Roller. Die dortigen Kneipen scheinen perfekt für Bummeln geeignet. Ich war bei dem Ehepaar Sverhölm zum Gespräch ange- meldet worden. Ich schaue mir die knappen Infos über das zu besuchenden Ehepaares auf meinem Smartphone nochmals kurz an: Die Ehefrau Lilly ist 43 Jahre alt, kurze blonde Haare, etwa 170 groß und kräftig aber schlank gebaut. Sie ist von Beruf Arzthelferin und arbeitet ganztags 35 Wochenstun- den. Ihr Mann Sven ist 46 Jahre alt, hat mittellanges rötliches Haar, ist 180 groß und schlank. Er arbeitet 20 Wochenstunden. Beide sind 13 Jahre miteinander verheiratet, sie haben zusammen eine Tochter, welche in der Staatlichen Kindertagesstätte aufwächst und einmal wöchentlich zu Besuch kommt. Lilly und Sven führen nach eigenen Angaben eine „sehr glückliche Ehe mit gegenseitigem Respekt und der nötigen Wertschätzung von Sven gegenüber seiner Frau Lilly". Ich bin gespannt auf das Gespräch, zu dem sich die beiden für eine Reportage eines deutschen Instituts bereit erklärt haben. Meine noch im Hotel abgeschickte Anmelde-WhatsApp wird von Lilly mit „Ja" beantwortet.

Mit dem seit zwei Jahren hier üblichen unbemannten Stadt-Bus fuhr ich ein paar Kilometer südlich, nun bin ich an der Adresse angekommen: Ein Reihenhaus. Es gibt hier auch die in Schweden seit ein paar Jahren üblichen nach Geschlechtern getrennten Aufzüge. Ich fahre mit dem Männer-Aufzug in den 3. Stock klingle bei Sverölm. Ich werde von Lilly freundlich mit Handschlag begrüßt, sie trägt einen türkisen gutsitzenden Hosenanzug, den sie vielleicht wegen mir angezogen hat? Sven kommt hinzu, er trägt ein hellblaues kurzärmliges Hemd und eine dünne graue Leinenhose. Auch mit ihm gibt es Händeschütteln zur Begrüßung. Es wird Knäcke-Brot und Limonade zur Unterhaltung gereicht. Alkohol und Nikotin sind in Schwedens Wohnungen schon seit 5 Jahren verboten, beide sehen nicht nach Biertrinkern aus. Es ist vereinbart, dass ich nach dem Eheleben, sexuellen Pflichten, Gehorsam und dem Umgang mit dem Geschlechterverhältnis Fragen stellen darf. Höflichkeit und Akzeptanz der Aussagen ohne diese moralisch zu kommentieren sind die Voraussetzung für das vereinbarte Gespräch. Ich beginne:

Red.:

Herzlichen Dank liebe Lilly und lieber Sven für eure Bereitschaft aus dem Alltag eures Ehe- und Berufslebens zu berichten. In Deutschland und in der EU sind viele kritische Fragen zum schwedischen Sexualleben aufgetreten. Besonders die juristische Ungleichentwicklung von Mann und Frau, wie z.B. durch das Zustimmungsgesetz, wird mit Unverständnis gesehen. Was sagt ihr zur Entwicklung der Geschlechter zueinander in Schweden.

Lilly:

Wir stehen voll hinter unserer Regierung, die ja von vier Parteien getragen wird. Es ist sehr wichtig, dass es im Verhältnis von Frau und Mann große Verbesserungen und Umwälzungen zugunsten der Frau gegeben hat. Jede Familie und jedes Ehepaar, Frauen und Männer profitieren hiervon.

Sven:

Natürlich sehe ich das genauso. Zu mir: Du sprichst natürlich das „Nur-Ja-heißt-Ja-Gesetz" aus 2018 und das Züchtigungsrecht von Frauen gegenüber uns Männern aus 2022 an, welche in Schweden in der letzten Zeit eingeführt wurden. Ich bin dafür, dass uns Männern von den Frauen klare Grenzen gesetzt wurden, sonst kommt nur Unfrieden heraus. Ich persönlich habe durch die Benutzung der frühen Zustimmungs-Fragebögen von 2018 bis 2020 und die spätere *samlag*-App (*1) an Reife und sexueller Befriedigung als Mann eher gewonnen als verloren. Seit dieser Grenze vor einem *GV* überlegst du als Mann ernsthaft ob das jetzt okay ist oder nicht, das ist wichtig.

Ich nickte beiden aufmunternd zu und wollte mich nicht einmischen.

Lilly:

Vor etwa 6 Jahren war es bei uns ganz konkret so: Sven schlief fast jeden Tag ein- oder zweimal mit mir, immer abends und jeden zweiten Tag am Morgen. Er fragte mich nie ob ich wollte oder nicht, er tat es einfach. Ich habe mich damals nicht gewehrt, habe es einfach willenlos mit mir geschehen lassen. Durch das *Zustimmungsgesetz* hat sich das doch schlagartig geändert. Sven musste mich jetzt fragen, ob ich mit ihm *Sex haben* wollte. Ich überlegte und sagte oft nicht „Ja" und manchmal auch „Nein". Nun hatte er ein kleines Problem, einfach so weiter *drauflos Vögeln* war nicht mehr. So musste er sich um meine Zustimmung *zum Vögeln* bemühen, was mir völlig neue Möglichkeiten der Einflussnahme auf unser gemeinsames Leben eröffnete.

Sven:

Ich war das regelmäßige *Vögeln* mit ihr einfach gewöhnt, ich machte es, weil es sich ebenso gehörte, manchmal fast aus Pflichtgefühl und nicht so stark aus Lust und Freude. Als nun Lillys „Ja" zum *Geschlechtsverkehr* gesetzlich verbindlich vorgeschrieben war, musste ich ernsthaft umdenken. Denn eine Anklage als *Vergewaltiger* wollte ich natürlich nicht riskieren, das ist klar. Alle Frauen, auch Lilly, hätten einen nicht einvernehmlichen *GV* zur Anzeige gebracht, das hatten die Frauen so vereinbart. Es gab ja viele bekannte Beispiele schon vor Jahren, wie z.B. den lügnerischen *Vergewaltiger* Assange, der von zwei Frauen wegen Sexueller Nötigung am Tag nach einem problematischen Geschlechtsverkehr angezeigt worden war. Uns Männern wurde in den damaligen Workshops klar vermittelt, dass wir bei keiner *Frau* auf falsche Rücksichtnahme rechnen können, nur weil wir mal mit ihnen gevögelt haben. Also mussten wir unser Verhalten ganz schnell verändern, wenn wir weiterhin *Sex haben* wollten und nicht im Gefängnis landen.

Red.: (Zu Lilly)

Was ich nicht ganz verstehe: Hättest du denn Sven angezeigt, wenn er dich weiterhin *gefickt* hätte ohne deine Zustimmung, das war doch vorher auch schon so?

Lilly: (etwas empört zu mir)

Also Herr Redakteur, ich bitte doch sehr, etwas auf deine Worte zu achten, denn der abwertende deutsche Gassenbegriff mit dem *F-Wort*, ist mir sehr wohl bekannt und gehört seit über einem Jahr nicht mehr zu unseren Redewendungen! Sich körperlich *lieben* kannst du ja auch gerne *vögeln* oder von mir aus *bumsen* nennen. Lobenswerter weise hat unser Kultusministerium letztes Jahr hier eingegriffen und eine menschlichere Sprache in Schweden verordnet. Sven hätte sich für diese frauenverachtende Bemerkung schon gründliche Hosenspanner eingefangen! Vorsicht also, ich habe das Züchtigungsrecht in dieser Wohnung gegenüber allen Männern die Gründe hierzu liefern. Zu deiner Frage: Natürlich liebe ich Sven, doch einen nicht einvernehmlichen *GV* hätte ich damals und würde ich morgen zur Anzeige bringen. Das würden 99 % aller Schwedinnen so machen und die Männer wissen es auch. Darum gibt es ja die schöne Zustimmungs-*samlag*-App, die das Einverständnis von uns *Frauen* enthalten oder nicht, klar und einfach, selbst für Männerhirne!

Red. (Ich etwas verwirrt zu Lilly):

Entschuldige Lilly, das ist mir rein sprachlich so rausgerutscht, mir sind eure schwedischen Bezeichnungen für den Sex und die weiblichen und männlichen Geschlechtsorgane nicht so total geläufig, hoffentlich passiert mir das nicht nochmals. Aber nun inhaltlich weiter: Was ist denn dann nach dem Nur-Ja-Heißt-Ja-Gesetz im erotischen Leben anders gelaufen als zuvor? Habt ihr weniger *gevögelt* seither? Oder vielleicht sogar mehr?

Sven:

Beides ist richtig. Wir haben weniger Sex, wenn du die Anzahl der *GVs* im Vergleich nimmst. Das waren vor 2019 so etwa 10 *GVs* pro Woche bei uns, wir lagen da weit über dem schwedischen Durchschnitt, denn der lag bei 3 *GVs* pro Woche. Wir haben nun zwei *GVs* pro Woche, einmal vielleicht drei, einmal nur einen oder garkeinen, das entscheidet Lilly. Aber was die Intensität und die orgastische Befriedigung angeht ist das bei mir gesteigert. Ich freue mich richtig auf jede von Lilly gegebene Zustimmung zum Vögeln mit mir. Dies ist nicht selbstverständlich, ich kann es mir nicht einfach holen oder nehmen, ich muss es mir und uns erarbeiten. Für mich ist der Stellenwert des *Geschlechtsverkehrs* gestiegen! Lilly kommt einfach öfter als früher, sie wird für sich sprechen da...

Lilly: (unterbricht Sven leicht verärgert):

...allerdings spreche ich für mich, du wirst hier nicht meine *Orgasmus*-Intensität gegenüber dem Redakteur interpretieren, das mache ich gerne für mich. Vorwarnung auch an dich, nochmals daneben und es setzt sofort etwas hinten drauf, klar? Nun weiter: Ich finde es gut, wenn wir weniger und dafür von uns *Frauen* selbstbestimmten *Sex haben*. Es gilt nach wie vor die alte Lutherische Regel: Zweimal die Woche schaden weder ihm noch ihr. So halten wir es und damit basta. Und ja, früher hatte ich fast nie einen *Orgasmus*, heute wohl jedes zweite Mal, das ist doch ein Fortschritt!

Red.:

Wie läuft das mit der *samlag*-App denn ab? Schreibt Sven dir ganz selbstverständlich eine Anfrage auf dieser *samlag*-App und du antwortest „Ja" oder „Abgelehnt" drauf, so wie ein Date mit irgendjemand oder nicht? Ist das nicht gelinde gesagt, etwas unerotisch oder gar bürokratisch?

Lilly:

Das mag sein oder auf Außenstehende so wirken, aber nach dem wir uns daran gewöhnt haben läuft es so: Wir einigen uns in einem Gespräch auf einen wöchentlichen gemeinsamen *GV*-Termin, meist Samstag-Abend oder Sonntag-Vormittag. Den weiteren Termin könnte ich natürlich bei Sven anfragen, das fällt mir jedoch echt nicht ein, das soll ruhig er machen. Ich lasse ihn da etwas zappeln, das erhöht den Reiz. In früheren Zeiten, so vor sieben oder acht Jahren hat er mir sogar ein paarmal Papier-Fragebogen und später dann einfach eine E-Mail geschrieben. Heute schickt er mir dann im Laufe der Woche ein oder zwei weitere App-Anfragen auf die Zustimmungs-*samlag*-App, die ist versehen mit dem Datum, der Uhrzeit und der gewünschten Stellung. Letzteres lässt Sven manchmal weg, um sich wegen der Stellung keine Abfuhr einzuhandeln. Jede Frau hat da ja ihre Vorlieben und Abneigungen.

Red.:

Ach ja, interessant, welche denn?

Lilly:

Die Frage ist sehr intim, aber bitte, warum nicht. Ich bevorzuge die Seitenlage-Stellung, er darf von hinten in mich eindringen. Das ist bequem und für beide kraftsparend. Missionar und Reiten oder *Draufsetzen beim GV* das geht auch ab und zu, Animal-von-hinten allerdings lehne ich meist ab, da hat der *Mann* zu sehr die Kontrolle über die begattete *Frau*.

Red.:

Aber bei der Fragebogenschreiberei und App-Zustimmung vergeht euch nicht die Lust?

Sven:

Keineswegs, ich hebe mir zur Sicherheit natürlich die Emails und den GV-App-Verlauf sehr gut auf, speichere alles gewissenhaft ab. Trotzdem oder auch damit klappt es mit dem *samlag* in etwa gut einmal wöchentlich, meist in Lillis Lieblings-Seitenlage-Stellung. Es gab Wochen, da lehnte Lilly alle zwei Anträge kommentarlos ab und es gab welche da stimmte sie dem einen oder den beiden ebenso klar zu. Sie lehnte auch komplett Anträge ab, da ich die Doggy-Stellung vorschlug, das lasse ich also besser. Ihre Lust und Laune bestimmt oder besser bereichert, unser Sexualleben und ich finde es gut, das macht die Sache wirklich spannend. Es ist für mich prickelnd den Antrag zurück zu bekommen, mit dem spannenden Gedanken, kann ich sie nun morgen endlich wieder richtig durch*bumsen* oder besser erst am Abend *ficken* nicht, ich ....

(Anmerkung zum Verständnis: Sven sagte natürlich nicht wirklich „Ficken" auf Deutsch, sondern erst *pippa* (*2) für Bumsen und *knulla* (*3) für Ficken. Das letzte Wort brachte erst ihm, dann mir den Ärger ein. Das im Schwedischen auch manchmal gebrauchte *ficka (*4)*, das dort sehr derbe Gassensprache ist, benutzte fast niemand)

Lilly (empört zu Sven):

Also Sven da hast du jetzt den Bogen überspannt. Wir haben klar vereinbart, dass es dieses „K"- oder „F"-Wort bei uns Zuhause nicht gibt. Ich spreche weder das eine noch das andere aus, weder auf Schwedisch, noch auf Deutsch, klar? Leg dich über die Tischkante, du bekommst jetzt saftige Hosenspanner hierfür. Und mit einem weiteren *GV*-Wunsch auf der *samlag*-App kannst jetzt sicher du drei Tage warten, vorher genehmige ich keinen. Dalli, überlegen, wird's bald.

Red. (ich mischte mich doch ein?!):

Aber Lilly, das muss doch nicht sein, er wollte doch nur....

Lilly:

Schnauze Herr Redakteur, mein *Ehemann* bekommt jetzt den Rohrstock zu spüren. Nur noch ein Wort von dir und du bist auch fällig, kapiert?

Sven stand schnell auf und legte sich kopfschüttelnd aber zügig über die Tischkante. Lilly griff auf den Wohnzimmerschrank, holte sich einen kräftigen bereitliegenden Rohrstock und zog ihrem *Gatten* flugs den Hosenboden fest in den Schritt. Seine dünne graue Leinenhose spannt jetzt über seine gut herausgeformten angespannten Pobacken. Lilly ließ ohne weitete Ankündigung nun kräftig den Stock auf den Hintern ihres *Gatten* sausen, es pfiff und schnalzte „Huiit-Pitsch-Huiitt-Patsch" im Wohnzimmer. Nach etwa 15 Hieben begann Sven ein klägliches „Auauauaua"-Gejammere, was Lilly

zu einem „Na das hört sich ja schon ganz gut an!"
veranlasste. Ansonsten hieb sie weiter kräftig auf
Svens Hosenboden ein, der wackelte wie wild mit
seinem *Hintern* der juckte ihn offensichtlich sehr
stark.

Red.: (Mir reichte es jetzt und unglücklicher Weise
mischte ich mich ein):

Aber Lilly, so schlimm war das mit dem von ihm so
genannten *Ficken* doch echt nicht gemeint, lass es
doch gut sein! Sven hat sich doch sicher nur ver-
spro.... (da stoppte ich selbst im Wort, ich hatte einen groben Fehler gemacht und merke es zu spät!)

Lilly hörte nach nur fünf weiteren Hieben mit dem
Schlagen auf, Sven sprang hoch und rieb sich auf-
geregt den *Hintern*. Die ernst dreinblickende Lilly
machte eine einladende Geste zu mir und sprach
fast feierlich:

Lilly:

Und hier machte nun mein *Gatte* Sven Platz für
den Herrn Gast-Redakteur. Marsch überlegen, es
reicht jetzt, für das „F-Wort", das ich nicht aus-
sprechen will, bekommst auch du deinen hübschen *Popo* gestriemt. Ich rate dir sehr schnell hier
her zu kommen, denn sonst kriegst du von mir eine
Anzeige wegen sexueller Belästigung an den Hals,
das wird dann gar nicht lustig für dich.

Sven (besorgt zu mir bevor ich etwas sage und tun konnte):

Bitte beeile dich und leg dich über, es ist das beste und so weh tut es ja auch nicht!

Ich überlegte nun nicht mehr lange, sondern legte mich über die Tischkante wie zuvor mein Leidensgenosse Sven. Schnell spürte ich meine Hosennaht, die mir in die Po-Kerbe schnitt und den Sack auf die rechte und den *Schwanz* auf die linke Seite schob. Lilly griff mir wie selbstverständlich an mein Familienglück, ich bekam Angst und presste die Beine zusammen. Da hörte ich nur Lillis Worte: „Beine breit, du freches deutsches Redakteurs-Bürschchen, sonst..." Und ich spreizte sie weit auseinander. Daraufhin begann sofort meine Züchtigung. Es juckte und brannte enorm. Das war ja nicht meine erste Tracht Prügel im Leben, aber ich merkte, da schlug eine Fachfrau zu. Sie hatte durch den Hosenbund meine Hüfte fest im Griff und wichste mit Schmackes Hieb auf Hieb in einer Geschwindigkeit auf meinen *Popo*, dass mir fast die Luft wegblieb. Endlich schnaubte ich und brachte ein befreiendes: „AAAAauau-auooohoooöööiii" heraus. Sven blieb stumm und Lilly lachte:

Lilly:

Oh ja, nun singt uns der geile und unfolgsame Redakteur ein Liedchen aus Deutschland vor, wo die Buben frech sein dürfen und den Mädchen gerne unter die Röcke gucken. Haha, aber damit ist jetzt in Schweden und auch bald in ganz Europa Schluss. Ich versohle dich, bis du es verstehst, dass wir schwedischen *Frauen* sind keine *F*-Maschinen sind, sondern Damen die du verehren und achten musst, Klar!

Red.: (Jammernd stammelte ich „Ja klar, natürlich ist das so!" .... während die schmerzhaften Hiebe weiter prasselten und mein *Popo* brannte)

Ja, oh ja liebe Lilly, ich verstehe dich gut, aber bitte hör auf zu schlagen es tut so weeeeeeehhhh!

Noch ein Hieb von Lilly und die Züchtigung war beendet. Schnell rieb ich mir meinen kräftig versohlten *Arsch* durch die Hose, es hatte weit über fünfzig Hiebe gesetzt. Ich machte mich nun auf die Socken, ein erstes Interview hatte ich ja, hier war an eine Fortsetzung des Gespräches von mir nicht mehr zu denken. Ich war auch zu aufgewühlt und beschämt dazu.

Lilly:

Oh der Herr Redakteur will schon gehen, wo es doch jetzt erst interessant werden könnte. Hoffentlich hast du etwas gelernt, was du der deutschen Leserschaft berichten kannst. Dein hübscher *Popo* brennt ja nun sicher ähnlich wie der von Sven, ich fasse für uns schwedischen *Frauen* hiermit zusammen: Ein fröhlicher Nachmittag, zwei versohlte Männer, gut gemacht Lilly! Übrigens habe ich kürzlich gelesen, dass es bei euch in Deutschland bald eine ähnliche Regelung wie bei uns zur GV-Zustimmung geben soll. Vielleicht gibt es ja dann auch bald zuhause was für dich auf den Popo? Haha!"

Red.:

Liebe Lilly, das glaube ich nun wirklich nicht, da kannst du lange warten! Ich bedanke mich für die interessanten Einblicke in die schwedischen Verhältnisse von *Frau und Mann* und das *Sex-Leben* von euch. Leider ist es zu dieser für mich peinlichen und für dich notwendigen Rohrstocklektion für mich gekommen. Ich werde versuchen mich bei künftigen Gesprächen einfühlsamer zu benehmen. Und Sven, Danke für deine Offenheit, es war prima und wirklich sehr aufschlussreich für mich.

Sven:

Mach's gut Alter und denke beim *Popo*-Reiben heute Nacht an Lilly, das hilft, wenn der Schmerz nachlässt und der *Schwanz* hart wird. Hahaha!

Abgang:

Schnell verabschiedete ich mich von den beiden mit einem flüchtigen Händedruck. In dem leicht rumpelnden Bus spürte ich noch sehr meinen malträtierten Popo brennen. Durch Svens unvorsichtigen Gebrauch des inkriminierten Wortes *knulla* (*3) für „Ficken" kam ich allerdings zu der Überzeugung, dass die seit Jahren besuchten feministischen Seminare wohl doch nicht so nachhaltig bei ihm wirkten wie ihre Organisatorinnen dies angestrebt hatten. Dies lässt mich hoffen. Allerdings sind dann eben auch schmerzhafte Züchtigungen die Folge. Wie schön, wenn der Schmerz langsam nachlässt. Ich stieg nach wenigen Bus-Haltestellen aus und sparzierte noch eine gute Stunde durch die herrliche „Gamla Stan". Dort ließ ich mich von der Architektur des „Riddarhuset" und des „Storkyran"-Domes ablenken. Bei einem Glas Fruchtsaft in der Fahrrad- und E-Roller-freien Fußgängerzone ließ ich die Erlebnisse bei der Familie Sverhölm nochmals an mir vorbeiziehen.

Ich genoss den Blick vorbei an mittelalterlich wirkenden Gebäuden und ging hinunter zum Meer. Dort bestieg ich ein Linienboot und fuhr auf die Insel Djurgarden wo sich die „Liljevals Konsthall" befindet. Ich wollte nachsehen, ob sich der Skandal bei der Ausstellungseröffnung vor fünf Jahren irgendwie sichtbar gemacht hat. Naja, es gab eine auf mich eher langweilig wirkende

Gemäldeausstellung moderne Kunst in Skandinavien. Ich ging eine halbe Stunde durch die Räume, es wurde kein Eintritt verlangt. Der währe auch nicht gerechtfertigt gewesen. Etwa s angeödet verließ ich den Kunstbau, doch nicht so ganz mein Fall. Nackte Weiber waren dort jedenfalls nicht zu sehen. Ich sparzierte von der Skyline fasziniert am Meeresufer entlang. Es war noch hell, doch der Himmel war etwas stärker bewölkt. Langsam zog die Dämmerung auf. Mein Hintern brannte noch etwas, aber es gibt ja schlimmeres im Leben.

Ich ging zurück in mein Hotel. Was die öffentlich zugänglichen Toiletten angeht gibt es da etwas Besonderes: Es gibt für alle nur jeweils einen nach oben und unten völlig abgeschlossenen Raum um sein Geschäft zu erledigen. Dies gilt für Frauen, Männer und Diverse gemeinsam, nicht mehr nach den Geschlechtern getrennt wie in Deutschland. Das Pissoir ist offenbar vollständig abgeschafft. Weitere „Rest-Rooms", welche mit den bekannten Piktogrammen gekennzeichnet sind, gibt es nur noch für „Menschen mit Behinderung" und für Männer und Frauen zum Wickeln ihrer Kleinkinder und Babys. Jedoch bei den Hotel-Aufzügen läuft es in die andere Richtung: Meist gibt es zwei nebeneinander oder sich gegenüberliegende Aufzüge. Diese sind dann getrennt nach „Men/ man" und „Women/kwinna". Das wurde in den letzten drei Jahren so baulich umgesetzt, damit es in den Aufzügen nicht mehr zu Belästigungen gegenüber den Damen in Schweden kommen kann. Natürlich gilt dies nicht in jedem Haus, jedoch in den meisten öffentlich zugänglichen Gebäuden.

Gerädert legte ich mich alleine in mein Hotelbett und dachte über den heutigen Tag nach. Meiner Frau schickte ich nur eine kurze WhatsApp: „Alles okay, Bussi, Robert". Zwei Minuten später kam ihre Antwort: „Bei mir auch, LG von Bettina. Bussi Sabrina". Ich war irgendwie angespannt und neugierig auf die beiden Hübschen. Jetz lies ich die heutigen Erlebnisse Revue passieren: Es war ein seltsamer und aufregender Tag gewesen: Ich wurde gezüchtigt und hatte wirklich keine Möglichkeit fremd zu gehen. Ich erinnerte mich natürlich an das „verflixte siebte Jahr" unserer Ehe: Ich war nur ein paar Tage mit meiner blonden Kollegin Maike liiert gewesen. Ich hatte sie einmal auf meinem Schreibtisch gevögelt und drei Tage später waren wir für eine Nacht bei ihr zuhause. Sabrina bekam das raus und bestrafte mich nachhaltig. Es sah nun nicht so aus, dass sich hier in Schweden so ein schöner Vorfall wiederholen würde. Müde aber unruhig schlief ich ein.

*1 samlag = GV/Geschlechtsverkehr, hier GV-App

*2 pippa = Pimpern, bumsen

*3 knulla = Ficken

*4 ficka = Ficken, sehr derb

Uppsala

Ich fuhr am frühen Morgen mit dem Hochgeschwindigkeitszug die knapp 100 Kilometer von
Stockholm nach Uppsala. Es war nur etwa vierzig
Minuten Fahrt mit einem D-Zug, in Schweden N-
Zug genannt. Im Zug las ich die kurze WhatsApp
meiner Sabrina an mich, sie hatte sie um 23.15
Uhr geschrieben: „Gute Nacht!" Ich meldete mich
kurz bei ihr zurück und schaute fasziniert aus dem
Fenster. Das Wetter war wie gestern auch sonnig
und warm, die vorbeifliegende Wald- und Schären-
landschaft herrlich. Ich hatte mir eine Rückfahr-
karte gekauft, da die quirlige Studentenstadt ja
sehr nahe und verkehrsgünstig an der schwedischen Hauptstadt liegt. Uppsala ist die viertgrößte
Stadt Schwedens und gilt als die Universitätsstadt
schlechthin. Es strotzt hier von historischen und
herrlich anzusehenden Bauten, aber deshalb bin
ich ja nicht hier. Die von über 40.000 Studenten
bewohnte Universitäts-Stadt Uppsala birgt natürlich auch viele Museen, die will ich mir aber heute
sparen. Die Stadt erinnerte mich etwas an Heidel-
berg. Ich fahre mit dem Stadt-Bus durch fast vollkommen autofreie Straßen in ein gutbürgerliches
Wohnviertel mit schönen schnuckeligen einzeln-
stehenden Häusern. Zu meiner Verwunderung
fuhr dieser Bus noch mit einem Fahrer, ja man
glaubt es kaum, es war sogar eine Fahrerin mit

blondem Haar unter der blauen Busfahrer-Mütze. Natürlich schaute ich sie vorsichtig an, wenn sie den Kopf drehte, blickte dann aber schnell aus dem Fenster in Richtung schnuckeliger Häuser und Kanäle. Aus dem Bus schickte ich meiner Kontaktfrau Clara für das folgende Gespräch zur Sicherheit eine Whats-App, sie bestätigte den Termin mit „okay!"

Für mich war ein Gesprächstermin mit der Familie Höglund vereinbart worden. Ich schaute sicherheitshalber nochmals in das auf meinem Smartphone gespeicherte Dossier: Der Begriff „Familie" ist nach neuerem schwedischen Recht ja sehr dehnbar, denn es ist nun mein zweiter Besuch bei einem sog. „Dreierbund". Die 41-jährige Haus- und Eheherrin Clara, lange blonde Haare und blaue Augen, wie aus einem Werbeporno für Schwedinnen, führt offensichtlich die Dreier-Beziehungs-Konstellation an. Sie ist eine Frau Prof. Dr. an der Universität in Uppsala und leitet dort das Sozialwissenschaftlich-feministische Institut. Ihr 1. Mann Sebastian ist seit 13 Jahren mit Clara verheiratet, ebenfalls „Prof. Dr." an der gleichen Universität und in dem gleichen Institut. Er hat rötliche Haare, die an den Schläfen ins graue übergehen, er ist 54 Jahre alt. Also eine Wissenschaftler-Beziehung von zwei Professoren, denke ich. Zu ihm gibt es noch einen kleinen Vermerk über einen zweijährigen Gefängnisaufenthalt von Sebastian ohne Urteilsgrund. Dann kommt der 2. Ehemann

Roger, er ist 29 Jahre alt, seit 4 Jahren mit Clara „verbunden" und von sehr kräftiger Statur. Er hat kurze braune Haare und ist beruflich als „wissenschaftliche Hilfskraft / Hausmann" in den Unterlagen vermerkt.

Das Gespräch wird sicher spannend, denke ich und drücke die altmodische Klingel zu dem Einfamilienhaus mit großem Garten. Mir öffnet Roger und begrüßt mich mit Handschlag. Er trägt eine dunkelrote dreiviertellange Hose und ein weiß-blau gestreiftes T-Shirt, sieht damit etwas wie ein Matrose aus. Er führt mich in eine Art Salon, es ist offensichtlich das Wohnzimmer mit herrlichem Blick auf den Park. Clara und Sebastian stehen auf und reichen mir ebenfalls die Hände. Sie trägt ein knielanges hellrotes Kleid, er eine dunkelblaue Jeans und einen schwarzen Rollkragenpullover. Es wird Mineralwasser, Orangensaft und zum Knabbern Tofu-Röllchen angeboten. Ich halte mich dankend zurück und beginne mit dem Interview:

Red.:

Hallo Clara, Hallo Sebastian und Roger! Danke für die Einladung und eure Bereitschaft, mit mir ein Gespräch zu führen über eure familiären und beruflichen Verhältnisse und die erotische Praxis in Verbindung mit dem schwedischen Recht. Entschuldigt bitte, ja ein Schachtelsatz zur Einleitung, aber so steht es in meinem Manuskript. Aber wie soll ich es besser ausdrücken? Vielleicht ist euch ja klar, dass in Deutschland und fast in der ganzen EU die schwedische Regierung und Straf-Justiz durch das „Nur-Ja-Heißt-Ja"-Gesetz in Verruf geraten ist. Auch das seit 2022 geltende Züchtigungsrecht der Frau über den Mann in Familie und Beruf sind ebenso auf ein gewisses Unverständnis gestoßen, vorsichtig formuliert! Was sagt ihr dazu? Beginnen wir doch mit dem „Nur-Ja-heißt-Ja"- oder besser *Zustimmungsgesetz*. Welche Auswirkungen hatte es konkret für euch.

Clara:

Das war aber ein langer Vorspann lieber Herr Redakteur. Immer locker bleiben, ja? Wir sagen hier alle Du zueinander, das ist klar und bei uns in Schweden ebenso üblich. Das von dir angesprochene *Zustimmungsgesetz* hatte für uns alle sehr gravierende Auswirkungen. Konkret: Im Juli 2019 schlief mein Mann Sebastian mit mir, ohne sich zuvor ein klares „Ja" von mir abgeholt zu haben. Der *Geschlechtsverkehr* geschah, wie nicht alle aber manche zuvor, nicht mit einer Gegenwehr von mir, aber ohne meine ausdrückliche Zustimmung. Es reichte mir einfach und ich zeigte ihn am nächsten Tag beim Kommissariat für Sexualdelikte an. Er wurde noch am gleichen Tag verhaftet. Einen Monat später wurde er zu viereinhalb Jahren verurteilt, eine vergleichsweise milde Strafe, findest du nicht Sebastian?

Sebastian:

Ja, danke Clara für deinen Bericht. Ich hatte damals wirklich Fehler beim *GV* begangen, einfach die alte chauvinistische Sexpraxis ohne Rücksicht auf die *Ehefrau* zu nehmen. Das tut mir heute noch sehr leid, aber ich habe für das Verbrechen nur viereinhalb Jahre bekommen. Clara hat dankenswerter Weise auch für mich mildernde Umstände ins Feld geführt, trotzdem sie den Fall mit ihrer Anzeige ja erst ins Rollen gebracht. Nach drei Jahren und sieben Monaten wurde ich dann wegen „guter Führung und höchstwahrscheinlich absehbarer Besserung" im März 2023 zur Bewährung entlassen. Allerdings kassierte ich zu meinem Pech leider bei der Entlassung noch den Anfang 2023 neu eingeführten „Abschied"! Das waren Einhundert heftigen Rohrstockhieben auf den nackten Hintern in der Strafkammer der Haftanstalt. Als Bewährungsauflage musste ich nach der damals ebenso gerade neu eingeführten Reglung noch sechs Monate lang diesen Keuschheitsgürtel tragen. Dies war allerdings halbwegs erträglich, denn es geschah unter der liebevollen Kontrolle von Clara in fachlicher Zusammenarbeit mit meiner Bewährungshelferin.

Clara:

Ja mit der habe ich gut kooperiert, sie gab mir den Schlüssel des CB-10.000-S mit und so konnte ich Sebastian nach Gutdünken ein- oder aufschließen! Das war und ist gar keine so schlechte Variante der

Regelung des Sexuallebens in der *Ehe*, finde ich grundsätzlich zu dem Thema. Seine Bewährungszeit, die ja Teil seiner Strafe wegen der Vergewaltigung seiner Gattin, also von mir war, brachten wir jedenfalls so ganz gut über die Runden.

Sebastian:

Die ist jetzt auch seit über drei Jahren vorbei. Nach meiner Haftentlassung haben mich Clara und Roger hier wieder ganz toll aufgenommen. Ich rechne das den beiden sehr hoch an, denn ich bin als ein wegen dem Sexualdelikt der Vergewaltigung Vorbestrafter in der schwedischen Gesellschaft nun leider kein Vorzeigemann mehr. Beide haben mich somit mehr oder weniger gesellschaftlich rehabilitiert. Trotz einiger Monate Keuschheitsgürtel-Tragen durfte ich auch Sex mit Clara haben, im Einvernehmen mit Roger natürlich.

Red.:

Oh, das ist ja eine ganze Menge bei euch abgegangen! Nicht einvernehmlicher *Geschlechtsverkehr,* oder sogar *Vergewaltigung,* Gefängnis, neuer Mann für die *Gattin,* Entlassung, das muss für keinen von euch hier irgendwie einfach gewesen sein, oder?

Roger:

Na klar, es war etwas komisch als der Alte wieder-kam. Clara und ich kannten uns vom Institut her ja schon ein paar Jahre recht gut, sie steht halt auf so einen jungen Typen wie mich. Als sie dann die Institutsleitung übernommen hatte als Sebastian in den Knast wanderte, hat sie mich erst zum offi-ziellen *Liebhaber beim Sex* für die Kolleginnen er-klärt und dann später als *Ehemann* im Dreierbund geheiratet. Ins Haus hier eingezogen bin ich kurz nach dem Sebastian weg war. Clara hat ihn im Institut als Leiterin ersetzt und ich habe ihn dann quasi im Schlafzimmer erfolgreich vertreten.

Clara:

Ja das war eine sehr spannende Zeit, wirklich auf-regend, aber es ist alles gut gelaufen, jetzt sind wir glücklich. Die ersten Monate mit Roger alleine ge-noss ich sehr, denn er ist ein sehr einfühlsamer und sexuell sehr ausdauernder *Liebhaber,* was man von Sebastian nun leider nicht sagen konnte und kann, haha, nicht wahr? Die ersten Wochen-enden haben wir fast nur im Schlafzimmer ver-bracht, es war für mich als eine so nebenbei fast nur zum *Ficken* benutzte *Ehefrau* eine wirkliche Erfüllung meiner bisher unbefriedigter Wünsche, ja mein Liebhaber Roger war für mich so etwas wie eine echte sexuelle Offenbarung!

Sebastian:

Mir war schon klar, dass du Roger hier aufnehmen würdest, denn euer Verhältnis war ja im Institut bekannt und nicht zu übersehen. Dann hatte ich ja den Mist mit dir im Bett gebaut und bin leider sehr selten auf deine Wünsche eingegangen. Es war nun kein Wunder, dass du dich anderweitig oder besser gesagt zu deiner offiziellen Nebenbeziehung hin orientiert hast. Natürlich hat es mir weh getan, aber Strafe muss eben manchmal sein. Nun habe ich hier mein eigenes Zimmer oben im Dachgeschoß mit einer herrlichen Aussicht, genau über unserem ehemaligen oder eben deinem Schlafzimmer. Manchmal kann ich euch wirklich gut beim *Bumsen* hören, das ist erregend und gleichzeitig auch erniedrigend für mich. Ich habe es letztlich gut akzeptiert, dass nicht ich, sondern Roger die meiste Zeit mit dir im Bett verbringt. Zum Glück darf ich ja auch noch manchmal in dein Bett hüpfen, jedenfalls ich bin euch beiden sehr dankbar für eure Nachsicht mit meinen Fehlern und das Entgegenkommen von Clara, meine männliche Lust mindestens einmal im Monat ausleben zu dürfen.

Red.:

Jetzt muss ich schon konkret nachfragen, wie das mit dem realen *Vögeln* in eurer Dreier-Ehe, wenn ich so sagen darf, denn bei euch so läuft? Es gab doch früher das „Ja-*knulla*- oder eben *GV--*

Formular" in Schweden, und dann so ab Mitte 2021 die von vielen Paaren genutzte Zustimmungs-"*samlag*-App" (*1). Schicken dir da Roger und Sebastian eine Message auf der App, wenn sie mit dir *Vögeln* wollen? Du schickst dann eine Nachricht auf der *GV*-App zurück in der du dann mit „Ja" oder „Nein" antwortest?

Clara:

Nein, so bürokratisch handhaben wir es nicht. Ganz einfach: Ich habe das frühere Schlafzimmer für mich alleine, meistens schläft Roger die Nacht über bei mir. Er *vögelt* mich in der Regel morgens wie abends nur in der Missionarsstellung und das sehr befriedigend für mich. Der Sex mit ihm ist ein wirkliches Lebenselixier, das will und werde ich so beibehalten. Roger hat auf derselben Ebene im Erdgeschoss gegenüber dem Schlafzimmer sein eigenes geräumiges Zimmer. Die Nächte verbringt er nur dort, wenn ich Migräne oder die Periode habe, sonst schläft und *bumst* er fleißig in meinem Schlafzimmer. Ein Formular füllten er oder ich dazu nie aus, ich habe ihm früher per E-Mail und seit etwa fünf Jahren über die praktische schwedische Zustimmungs-*samlag-App* (*1) die generelle *GV*-Zustimmung für bis zu dreimal *ficken* pro Tag gegeben, das ist Absicherung für ihn genug. Roger ist auch sehr gehorsam und feinfühlend, er würde nie etwas gegen oder ohne meinen Willen tun.

Ich nickte zustimmend, doch mir fiel an der Stelle für Roger der alte Spruch aus dem Jugendfilm mit James Dean ein:

„No Risk – No Fun!"

Ich sagte aber:

Red.:

Na klar, wenn man sich prima versteht und vertraut, warum soll man sich da dann mit schriftlichen Zustimmungen vor jedem Vögeln absichern? Das verdirbt dann im Zweifel doch die ganze erotische Stimmung? Verstehe ich voll und ganz.

Es herrschte kurz betretenes Schweigen im Raum, dann fand Clara kopfschüttelnd aber breit grinsend wieder zustimmende Worte:

Clara:

So ist es eben in unserem konkreten Verhältnis nur zwischen Mir und Roger ganz einfach. Wo kein Kläger da kein Richter und auch kein Zustimmungsformular. Genau wegen unserer tiefen Vertrautheit zueinander, die bei anderen Paaren so nicht vorhanden sein kann, vögle ich mit meinem Roger auch ohne Kondom. Mit Sebastian verhält es sich da natürlich völlig anders, er muss bei jedem GV einen Pariser tragen. Sollte er den runter schieben oder zerreißen bekäme er mächtig Ärger. Gut, er hat es bisher nicht versucht! Erzähl mal du selber, Bastilein!

Sebastian:

Ja, Clara hat mir als ich wieder einzog zugesagt, dass sie mindestens einmal im Monat mit mir *Vögeln* würde, das hat sie voll eingehalten. Danke Clara und Danke Roger, für Euer Verständnis! Ich schicke ihr eine Anfrage auf der nur uns Schweden zugänglichen *samlag*-App mit Terminwunsch und Uhrzeit, Clara schickt sie mir dann zustimmend oder ablehnend zurück. Auch das mit dem Kondom ist für mich selbstverständlich geworden, gut Roger braucht den nicht, für mich ist er absolute Pflicht. Das akzeptiere ich voll und achte sehr darauf, ihn nicht zu beschädigen, ich will ja schließlich nicht nochmals wegen Vergewaltigung angezeigte werden.

Red.

Ich finde es schon bemerkenswert, dass der frühere sozusagen „alleinige *Gatte*" ein Kondom nehmen muss und der neue Liebhaber nicht. Andere Leute in Deutschland würden dies sogar befremdlich nennen, ich meine ja nur, aber das ist natürlich eure Entscheidung. Wie oft kommst du denn dann zum Vögeln?

Sebastian:

Wenn ein *GV* erfolgte, dann warte ich mindestens eine Woche und stelle dann einen neuen Antrag auf der Zustimmungs-*samlag-App*. Letztlich komme ich auf mehr als 12 *GVs* im Jahr. In den dreieinhalb Jahren die ich seit der Entlassung aus dem Knast hier bin kam ich bisher auf genau 56 *GVs* mit Clara, alle selbstverständlich durch Kondom geschützt. Manchmal verdiene ich mir auch noch Zusatzsex ohne *Vögeln*, dieser hat bisher genau zwölf Mal stattgefunden. Ich speichere ja aus gutem Grund jeden *Sex* mit Clara auf der *samlag*-App, da geht nichts daneben. Insgesamt lebe ich also sexuell gesehen nicht schlecht, ein bisschen drängt es mich doch nach etwas mehr *Vögeln,* doch Clara zügelt und bremst mich da konsequent.

Red.:

Wie macht Clara das denn konkret? Habt ihr auch eine bestimmte Stellung so wie Roger?

Clara:

Da muss jetzt ich nochmals deutlich werden: Der Sex mit Roger befriedigt mich voll und ganz, falls er mal daneben geht bekommt er eine kleine Strafe mit dem Stöckchen, das hilft dann sofort und sehr gut. Die *GVs* mit Sebastian sind für mich sexuell alleine im Grunde nicht erfüllend, es ist ein Kompromiss, ja eine gegebene Zusage an ihn als den noch vorhandenen Ex und einen jetzigen geschätzten Kollegen im Institut. Also konkret: Wenn ich zum *Bumsen* mit Sebastian bereit bin, bekommt er zuvor von mir eine Arschbacke mit dem Paddle und dem Stöckchen versohlt, so dass er entweder auf der linken oder auf der rechten Popo-Seite richtig schön rot ist. Dann muss er unter meiner Aufsicht ein Kondom überziehen und darf er mich seitlich von hinten liegend nehmen, nur in dieser Stellung, etwas anderes erlaube ich ihm nicht.

Red.:

Du schlägst also Roger und auch Sebastian vor und nach dem GF, interessant! Warum immer die gleiche Stellung, mit dem einen so und dem anderen anders?

Clara:

Mit Roger komme ich volle Kanne, wenn ich unter ihm liege. Ich bin dann ganz weit gespreizt und er nimmt mich von oben sehr tief. Ein Pariser würde da natürlich nur stören. Direkt vor dem *Vögeln* massiert Roger mit dem Finger den *Kitzler* sensibel und einfühlsam. Das macht er ausdauernd und sehr zuverlässig und erfreulich oft erfolgreich. Kommt er vor mir, gibt es allerdings auch für ihn etwas auf den knackigen *Popo,* dann hat er 20 Minuten später eine neue Chance mich zum Höhepunkt zu bringen. Er hat diese bisher zum Glück nie verpasst! Bei Sebastian würde ich in der

Stellung nicht mehr kommen, das geht nicht. Seitlich liegend hat den Vorteil, dass ich mich während er mich stößt mit dem Finger am *Kitzler* rubbeln und so befriedigen kann. Das klappt gut, denn er spürt dann noch die Hiebe schön genau auf der Seite, wo er mit der Po-Backe aufliegt, das ist manchmal ein Gezappel, das mich zusätzlich reizt. Ich frage ihn auch bei fast jedem *GV,* ob er die Hiebe denn noch gut spürt. Er antwortet schnell und kommt etwas aus dem Rhythmus, das ist geil. Ich lasse ihn also nur in versohltem Zustand an meine *Muschi* ran, was anderes hat er wirklich nicht verdient!

Red.

Und wie kommen Roger und Sebastian mit dieser Sex- und Züchtigungsreglung klar? Es ist doch in Deutschland und in den Ländern der EU noch nicht alltäglich, dass zwei Männer mit der gleichen Frau schlafen. Gibt es da nicht auch Eifersucht oder sonst irgendwie Ärger?

Roger:

Nein, gibt es nicht. Eifersucht ist bei mir nicht drinnen, da stehe ich Clara sexuell und menschlich viel zu nahe, Sebastian ist da keine Konkurrenz für mich. Ich sehe ihn eher manchmal als einen ähnlichen Typen wie einen netten Onkel, der ab und zu mit meiner *Frau* ins Bett gehen darf. Und dass er einen Pariser tragen muss und ich den Gummi nicht nehmen muss macht ja auch klar den Unterschied zwischen ihm und mir im Verhältnis zu Clara deutlich. Übrigens hat uns beiden Clara irgendwelche Eifersuchts- oder Neid-Szenen sehr deutlich verboten, da halte ich mich konsequent dran!

Sebastian:

Auch ich komme prima mit unserer sexuellen Praxis zurecht. Historisch gesehen habe ich als Mann und vergewaltigender *Ehemann* natürlich immer Schläge verdient, darum ist es nur einleuchtend, dass mich Clara versohlt, bevor wir uns zusammen *lieben*. Bei unserer von ihr geschilderten Beischlaf-Stellung spüre ich die Hiebe sehr gut, sie schmerzen mich während ich sie stoße und gleichzeitig onaniert Clara. Ihr reicht mein *Schwanz* nicht, sie benötigt ihre zwei oder drei Finger um mit mir zum Orgasmus zu kommen. Auch ihre Fragen nach meinen Popo-Schmerzen sind demütigend, aber das verinnerliche ich bei mir als Kick und kann dann abspritzen, nachdem Clara einen Orgasmus hatte. Das Kondom stört mich da überhaupt nicht. Den Zusatzsex ohne *Vögeln* gibt es für besondere Leistung von mir, wie z.B. gute Zuarbeit von mir im Institut an Clara. Sie setzt sich dann ohne Slip auf mein Gesicht, ich lecke ihre *misse* intensiv bis sie kommt und dann rubbelt sie meinen *Schwanz* bis ich abspritze. Ein echtes Entgegenkommen von Clara, ich versuche gut zu arbeiten um manchmal an unserem Arbeitsplatz oder auf dem Sofa zuhause so von ihr durch zusätzlichen Sex belohnt zu werden.

Clara:

Oh ja, da habe ich ihn gut im Griff, denn wenn ich mich beruflich spontan über einen guten Vorschlag von Sebastian freue, er hat ja inhaltlich wirklich einiges drauf, dann darf er sich entspannen. Er muss sich auf den Rücken legen und die Hose öffnen. Ich lass meinen Rock an und zieh nur das Höschen aus und presse die *misse* fest auf sein Gesicht. Sebastian schnappt nach Luft und leckt mich wie ein Wilder, meist komme ich dann nach drei oder vier Minuten. Als kleines Dankeschön lutsche ich sein Pimmelchen und lass ihn dann in meiner Hand abspritzen, warum nicht? Ich bin ja eine sexuell aktive und sehr attraktive Frau und wirklich kein Unmensch.

Red.:

Was macht ihr dann eigentlich am internationalen oder besser schwedischen Frauenfeiertag? Da müssen ja die Männer in Schweden arbeiten und die Frauen dürfen feiern. Auch das gilt es in dieser Form weder in Deutschland, noch in anderen

Ländern der EU. Gibt es da gemeinsamen Sex zu zweit, zu dritt oder Enthaltsamkeit und vielleicht sogar Hiebe für den Mann?

Clara:

Natürlich verhalte ich mich als Respektsperson und feministische Wissenschaftlerin hier politisch absolut korrekt. Die Einführung des schwedischen Frauenfeiertages vor drei Jahren ein großer historischer Erfolg für alle Frauen in der Welt! Am 8. März gibt es da natürlich keinen *Geschlechtsverkehr,* weder für Roger, noch für Sebastian. Roger darf mir am Internationalen Frauentag allerdings die *Muschi* morgens und abends auslecken, jedoch nicht abspritzen. Das kam einmal aus Versehen vor, da hat es dann allerdings kräftig was hinten draufgegeben! Sebastian bekommt an beiden Tagen generell gründlich den Hintern versohlt, meist abends, manchmal auch tagsüber. Das mache ich je nach meinem Gefühl und das trügt mich nie!

Sebastian:

Ja das stimmt, ich habe am letzten 8. März sogar dreimal von ihr Schläge bekommen, einmal morgens und abends, dann zusätzlich im Instituts-Büro. Da tauchten die Frauen zwei Stunden später im Büro auf, waren also teilweise anwesend, haben jedoch nicht gearbeitet, sondern den Frauentag ausgelassen gefeiert. Alle anwesenden fünf Männer haben sie versohlt, mich eingeschlossen, das war vielleicht ein Theater, haha! Der Rohrstock tanzte und wir Männer haben uns minutenlang die versohlten *Ärsche* gerieben, während die Damen ihre feministische Gedenkveranstaltung abhielten. Das hat Eindruck hinterlassen und uns Männer schmerzhaft an die realen Machverhältnisse der in Schweden bestehenden feministischen Weiberherrschaft...

Roger:

...also Sebastian, bei aller Liebe, jetzt gehst du aber echt zu weit. Ihr habt damals ja fast eine Art von Protest- oder Witz-Veranstaltung im Institut gemacht. Ihr habt zwei Kondome aufgeblasen und am internationalen Frauentag im Instituts-Büro ans Fenster gehängt, das war eine echte ironisierende Herabwürdigung des internationalen Frauentages. Da sind alle fünf Männer mit einem gründlichen Hinternvoll das euch Clara verpasst hat noch wirklich gut weggekommen, verstehst du? Sie hätte euch anzeigen können, dann wärt ihr allesamt im Knast gelandet!

Sebastian:

Ist ja gut, ist ja gut, reg dich nicht auf ich hab's ja verstanden. Natürlich hatte Clara vollkommen recht uns zu züchtigen, es war jedoch nicht als Kritik, sondern als Anerkennung der Leistung der Frauen gemeint. Nur dummerweise wurden wir leider wieder einmal falsch verstanden damals. Na und das Kondom hat mich ja nun wieder sehr praktisch eingeholt.

Clara:

Lieber Sebastian, damals wie heute, ich glaube aufgrund deiner Rede, dass du es nach wie vor nicht kapiert hast. Zum Luftballon aufgeblasene Kondome sind ein lächerliches Männlichkeitssymbol und beleidigen anwesende Frauen ganz klar. An einem feministischen Feiertag sind sie zusätzlich noch eine Provokation, ich hätte euch bei der Staatsanwaltschaft anzeigen können. Das habe ich damals offensichtlich wirklich versäumt, denn ich sehe, du hast deinen Fehler noch immer nicht wirklich eingesehen und gedanklich korrigiert. Gut, dass unser Redakteur da ist, so kann er gleich miterleben, wie wir hier in Schweden diese Korrektur chauvinistischen Verhaltens heute regeln. Steh auf, verschränke die Arme und schau mich an!

Leicht überrascht stand Sebastian mit rotem Kopf auf und trat mit verschränkten Armen vor Clara. Sie holte aus und gab ihm auf jede Seite „Pitsch-Patsch" zwei saftige Ohrfeigen. Er hielt sich mit leidenden Blicken die Backen.

Dann nahm alles wie von mir befürchtet seinen feministischen Gang.

Clara:

Sebastian, zieh deine Jeans aus und lege dich über die Sessellehne, du bekommst jetzt von mir gründlich den nackten *Arsch* versohlt. Roger, hol mir den Rohrstock, dalli!

Dies geschah in weniger als einer Minute genau so. Sebastian hatte auch seinen schwarzen Slip brav ausgezogen und sich über die Lehne gebeugt. Sein Gemächt wackelte deutlich sichtbar zwischen seinen Beinen. Clara tippelte mit dem Stock zwischen seine Pobacken und an seinen Sack, der folgsame Gatte spreizte daraufhin sehr schnell der seine Beine weiter. Dann begann die Züchtigung. Es pfiff und klatschte im Wohnzimmer des Familien-Dreierbundes Höglund vernehmbar: „Huitt-Pitsch, Huitt-Patsch" war gut die Melodie des Stockes auf Sebastians Hintern zu vernehmen. Dieser blieb anfangs ruhig, dann wackelte er heftig mit seinem *Arsch,* dann begann er nach gut 50 Hieben erst leise, dann immer lauter zu jammern: „OOhhoo AuauuauOOHHoouii" war zu hören. Roger nickte erfreut und Clara begleitet die Hiebe mit folgender Ansage:

Clara:

Ja jammere und heule nur Sebastian, das tut eingefleischten Chauvinisten wie dir gut, die Schläge müssen weh tun und dir so oft wie möglich übergezogen werden. Den nächsten *samlag*-Antrag (*2) brauchst du mir so schnell gar nicht zu stellen, es gibt mindestens drei Wochen Sex-Pause für dich, verstanden.

Sebastian antwortete mit heulen und Jammern. Endlich hörten Claras Hiebe auf. Sebastian sprang mit rotem Kopf auf und rieb sich intensiv seine rot gewichsten *Hintern*. Ich nutzte die Gelegenheit um mich schnell und diskret zu verabschieden. Ich hatte heute ja genug gesehen und gehört.

Red.:

Also ich glaube es ist jetzt gut, wenn ich die Züchtigung von Sebastian zum Anlass nehme mich zu verabschieden. Liebe Clara du hast mir sehr geholfen, neues über die familiären Verhältnisse und das Erziehungssystem für Männer in Schweden zu erfahren, herzlichen Dank! Lieber Roger, lieber Sebastian, danke für eure lehrreiche Mitarbeit an der Fragerunde, ihr habt mir sehr geholfen.

Clara:

Freut mich, wenn der Herr Redakteur aus Deutschland etwas Neues über die fortschrittliche schwedische Gesellschaft erfahren hat! Aber so schnell brauchst du deswegen doch nicht zu verschwinden, dazu besteht wirklich kein Anlass. Wir halten dich natürlich nicht zurück, aber ich glaube, du hast Bedenken, dass ich dir bald genauso wie Sebastian deinen frechen *Popo* versohle oder täusche ich mich?

Schnell steckte ich mein Smartphone in die Jackentasche, ergriff die Türklinke und sprach:

Red.:

Ich und Angst? Warum denn, ich kenne weder Schmerz noch Scham. Ja und Furcht vor deinen Hieben? Nein wirklich nicht, Hahaha. Ich habe heute sehr Lehrreiches bei euch erleben und auch erfahren dürfen, das soll mir unverändert im Gedächtnis bleiben, Auf Wiedersehen!

Und weg war ich. Erleichtert verließ ich das Haus. Mein Hintern ist knapp an einer Tracht Prügel vorbeigeschrammt. Als ich ins Freie kam regnete es zu meiner Überraschung etwas. Ich kramte meinen kleinen Regenschirm aus der Tasche und ging schnell zur nächsten Bushaltestelle. Von dort aus fuhr ich dann so wie ich morgens gekommen war direkt zum Hauptbahnhof. Nach kurzem Aufenthalt dort fuhr ich zurück nach Stockholm und bezog dort zufrieden mein Backoffice-Hotelzimmer.

Ich legte mich auf das Bett, überlegte ob nicht der nackte Popo von Clara ein paar Hiebe vertragen könnte. Da stand mein Schwanz kerzengerade und ich holte mir auf die Schnelle einen runter. Das Sperma sprudelte und ich säuberte mich mit einem Taschentuch. Ich war vorläufig zufriedengesellt. Dann fiel mir die Zeit mit Sabina vor drei Jahren mit unserer Ehekrise ein. Ich gestand ihr damals, dass ich zweimal mit Maike gebumst hatte, gut es war dreimal gewesen, aber an zwei verschiedenen Tagen. Zu Strafe hatte mich Sabrina damals zweimal gezüchtigt, es hatte verdammt weh getan. Das war aber nicht die einzige Bestrafung. Ach, nicht grübeln, dachte mir. Ich schickte Sabrina eine WhatsApp: „Du fehlst mir Schatz, ich liebe dich!" Zehn Minuten später bekam ich die Antwort: „Ich dich auch!"

Insgesamt war ich sehr zufrieden mit dem heutigen Arbeitstag. Mit meiner zweiten Begegnung in Schweden war ich meinem beruflichen Auftrag wirklich ein gutes Stück weitergekommen. Es gab Neuigkeiten zum Notieren und Verarbeiten. Das erledigte ich schnell, dann schlief ich ein.

*(1) *samlag-App* = *GV/ Geschlechtsverkehr-App in Schweden*

(2) samlag-Antrag = Antrag auf GV-Erlaubnis auf der samlag-App

Göteborg

Göteborg ist die zweitgrößte Stadt Schwedens. Im Zug schrieb ich meiner Frau zweimal eine Bussi-WhatsApp, sie erwiderte diese mir Herzchen. Das war gut und beruhigend. Ich kam mit dem Zug von Stockholm abends im Hauptbahnhof an und checkte in einem Hotel der Scandilines-Kette, direkt am Bahnhof ein. Das war genauso unpersönlich eingerichtet wie mein Hotelzimmer in der Hauptstadt. Ebenso waren im Eingangsbereich die Aufzüge nach Geschlechtern getrennt, die Toiletten im Service-Keller wie in Skandinavien üblich gegendert. Es hatte fast die gesamte Fahrt über geregnet, soweit ich das wach mitbekommen habe. Ich war etwas müde, denn es lagen etwa sechs Stunden Fahrzeit für über 1000 km Fahrtstrecke im Hochgeschwindigkeitszug hinter mir. Nach dem Auspacken schlenderte ich trotz leichtem Nieselregen neugierig entlang der bekannten Shopping-meile zum nahe gelegenen Gästehafen „Lila Bommen", der am Ostufer des Flusses Göta liegt. Teure Jachten und einige schicke Läden prägten das Bild. Ein paar Lieferwägen rumpelten an mir vorbei, ansonsten gab es nur Radfahrer und E-Roller auf den Straßen zu sehen, die Leute waren eingehüllt in Regenanoraks. Ich kaufte mir ein Fischbrötchen an einem der zahlreichen Stände, ließ die windige Hafenluft auf mich wirken und verschwand dann doch recht schnell in mein eintöniges Hotelzimmer. Dort las ich kurz das Dossier auf meinem Smartphone über das morgen von mir zu besuchenden Paares durch: Helen war 38 Jahre alt, mit dunkelblondem Pagenschnitt und Abteilungsleiterin in einem Einkaufszentrum, sie arbeitete 40 Stunden die Woche. Lars war 36 Jahre alt, Buchhändler und arbeitete 25 Wochenstunden. Das war nicht sehr viel, versprach aber ein munteres Gespräch.

Heute Morgen war es stark bewölkt, es regnete jedoch nicht mehr, oder noch nicht? Nach dürftigem Frühstück fuhr ich mit dem unbemannten Stadtbus zu meiner Verabredung. Während der Fahrt schickte ich noch eine Check-Anfrage über WhatsApp an meine Kontakt-Person Helen, sie antwortete kurz mit: „geht so klar!" Wir fuhren vorbei an einem riesigen Park und den Markthallen „Feskekörka" in das Viertel Haga. Es sah sehr schön nach kuscheliger Altstadt aus, mit hübsch restaurierten früheren Arbeiterhäusern, Cafés und kleinen Läden. In einem dreistöckigen Haus mit Blick auf eine Parkanlage wohnte die Familie Helström. Der Altbau hatte keinen Fahrstuhl. Ich ging die Treppen hoch, klingelte und wurde vom Ehepaar Helström sehr freundlich begrüßt. Helen bat mich in die Wohnung und Lars bot mir eine Limonade mit Knäckebrot und einem undefinierbaren rosa Aufstrich an. Sie trug ein offenes Druckkleid, das sehr adrett wirkte, jedoch etwa zwanzig Zentimeter vor dem Knie endete. Das wirkte irgendwie sehr keck und gleichzeitig anständig auf mich. Er war mit einem hellgrünen Hemd und einer Art dunkelblauer Jogginghose gekleidet, das passte gar nicht zu ihrem Outfit. Wir setzten uns in das Wohnzimmer und begannen unser geplantes Gespräch:

Red.:

Liebe Helen, lieber Lars, ich will gleich mit der Türe ins Haus fallen und nicht lange um den heißen Brei herumreden. Wie wirkte sich das Nur-Ja-heißt-Ja-Gesetz auf eure *Ehe* aus? Habt ihr mehr oder weniges Sex als früher? Praktiziert Helen das Züchtigungsrecht für *Gattinnen* gegenüber ihrem *Ehemann*?

Lars: (schnell drängt sich vor)

Eigentlich haben wir da gleich viel Sex wie vorher, mal mehr, mal weniger, nur eben anders....

Helen: (unterbricht ihn etwas pikiert):

... das müsste doch wohl ich als Frau zuerst beantworten! Respekt vor der *Gattin* ist trotz der vielen Seminare noch nicht wirklich nachhaltig bei Lars angekommen. Zu deiner Frage, die Lars teilweise richtig aber letztlich doch irreführend beantwortet hat: Wir haben seit und mit dem *Zustimmungsgesetz* aus 2018 mehr und besseren Sex als zuvor!

Das ist wirklich so, ich will es am Beispiel erklären. Statt wie früher fast nur am Wochenende von Freitag-Abend bis Sonntag insgesamt fünf- oder sechsmal *Geschlechtsverkehr*, haben wir ihn nur verteilt auf fast alle Wochentage. Die Uhrzeit spielt eine wichtige Rolle, denn ich finde, dass die beste Zeit für die körperliche *Liebe* zwischen 16.00 und 18.00 Uhr liegt. Also weder morgens um sieben noch nicht ganz wach und weder nachts um zehn schon hundemüde.

Lars:

Genauso ist es, das wollte ich sagen Helen!

Red.:

Und wie ist das bei euch mit der ominösen Zustimmungs-*GV- oder samlag-App (*1)*. Schickt dir Lars eine Anfrage auf dieser Vögel-App und du beantwortest sie wohlwollend oder lehnst sein Ansinnen ab?

Helen:

Wir machen eine Wochenplanung an jedem Sonntag-Abend. Da einigen wir uns vom Datum und der Uhrzeit her auf zwei, drei oder vier *GV*-Termine und die entsprechende Stellung. Lars und ich unterzeichneten früher bis etwa Mitte 2019 gleichzeitig ein Formular aus Papier. Das war damals ganz lustig. Lars bewahrte die Bögen gut auf, er hat sie heute noch, also sieben oder sogar acht Jahre nach dem Inkrafttreten des Gesetzes! Er ist ein Sammler. Dann haben wir uns zwei Jahre lang einfach per E-Mail um gegenseitige GV-Zustimmung mit Terminfindung bemüht. Vor etwa fünf Jahren wurde das Papier und die E-Mails natürlich von der sehr benutzerfreundlichen und wirklich hilfreichen Zustimmungs-*samlag-App* abgelöst. Wir machen das jetzt eben zusammen per Klick mit unseren Smartphones, da gibt es kein Problem mit der Datenmenge und der Speicherung, den App-Verlauf sichern wir natürlich. Lars kann noch zusätzlich einen *Vögel*-date bei mir beantragen, gut, ich glaube so jeden zweiten lehne ich dann ab.

Lars:

Okay, aber andersrum gesehen stimmst du auch jedem zweiten zu den ich mir zusätzlich von dir erbitte, das freut mich dann immer sehr. Schon beim Anschauen der positiven beantworteten App-Nachricht bekomme ich einen Ständer, auch wenn der *GV* erst in vielleicht drei Stunden stattfinden darf.

Helen:

Der Spaß sei dir vergönnt! Ich finde es beim *Vögeln* für richtig, dass der Mann, bevor er seinen *Penis* in der *Vagina* seiner *Gattin* versenkt, diese zuvor gründlich *leckt,* damit er auch weis in welchem Kunstwerk der Natur er seinen *Schwanz* hin und her bewegen darf. Erst muss der Eingang zum Himmel liebevoll geküsst und zärtlich mit den

Fingern gestreichelt werden. Erst danach darf in die *Muschi* eingedrungen werden, nicht umgekehrt, wie das viele Männer bisher gerne praktiziert haben.

Red.

Das ist ja wirklich ein sehr ansprechendes Bild, das du hier natürlich nur verbal zeichnest, Helen, anregend auch für mich, zugegeben! Macht er das dann auch so gut, dass du dann auch richtig feucht wirst? Das gründliche *Muschi Lecken* ist dann sicher die Voraussetzung für guten Sex, da kenne ich mich auch aus!

Lars:

Sicher hat auch der Herr Redakteur seine Erfahrungen mit Frauen, du brauchst dir jedoch keine Sorgen zu machen. Selbstverständlich lecke ich sie sehr gut, genau das tu ich doch gerne und ich hoffe auch befriedigend für dich, oder hast du etwa Beschwerden Helen?

Helen:

Hier kommt neben der Liebe der Züchtigungsvorbehalt ins Spiel. Lars kann zum Beispiel nur dann wirklich gut und verantwortungsbewusst meine *Muschi-Lecken und Vögeln,* wenn er direkt vor dem GV mit der Klatsche oder dem Stöckchen ordentlich etwas auf seinen hübschen *Popo* bekommen hat. Das dürfen nun nicht zu viel Schläge sein, denn bei über 50 Rohrstockhieben vergeht ihm durch den harten Schmerz die Lust, aber so zwischen 25 und 35 kräftige Durchzieher sollten es schon sein, nicht war Larsilein?

Lars:

Oh Helen, du hast ja so recht. Wenn ich vor dem *Pimpern* von dir den Stock erhalten habe, dann spüre ich während ich dir die *Muschi lecke* und danach meinen harten Schwanz in dich stoße, dass mir der *Arsch* juckt und brennt. Es mahnt mich, fleißig und zuvorkommend weiter zu Rammeln, aber nicht vorzeitig ab zu spritzen!

Helen:

Ja es ist ein herrliches Feeling für mich, von seinem besten Stück Durchgearbeitet, sag ich mal so, zu werden und genau zu wissen, dass er vor dem *Vögeln* den *Hintern* voll bekommen hat. Er und ich wissen auch, sollte er unerlaubt vor mir kommen, dass es dann sofort eine gründliche Tracht Prügel mit dem Rohrstock setzt. Das macht den gesamten *GV* wirklich prickelnd und spannend. Lars hat gelernt wie ein Mann verantwortlich zu *Ficken,* meist gelingt es ihm auch, hihi!

Red.:

(Ich dachte mir: Aha, sie sagte „Ficken" also auf Schwedisch „knulla" (*2) interessant. Das Wort ist dann wohl doch nicht sooo unanständig und ungebräuchlich wie ich von Lilly bei meinem ersten Besuch zu spüren bekommen habe?)

Dann jedoch sagte ich:

Wenn er vor dir kommt und du ihn dann bestrafst, ist das Liebesspiel dann beendet oder bekommt Lars eine zweite Chance?

Helen.

Auch hier ist beides möglich. Wenn ich schon kurz vor dem *Orgasmus* war und die Spannung bei mir noch da ist, bekommt er nach einem kräftigen Hinternvoll nochmals die Gelegenheit mich mit *Muschi Lecken* und *Ficken* zum Höhepunkt zu bringen. Ist mir die Lust aber vergangen, dann...

Lars:

...entschuldige Helen, aber das sage wohl besser ich als Betroffener: Wenn ihr die Lust durch mein vorzeitiges Abspritzen, also durch meine Ungeschicklichkeit vergangen ist, dann darf ich ein oder zwei Tage keinen Vögel-Antrag auf *der samlag-App* stellen. An diesen Tagen versohlt sie mich dann wegen jeder Kleinigkeit besonders gerne, also Vorsicht!

Helen:

Also mich mitten im Satz zu unterbrechen geht gar nicht, dafür bekommst du gleich Hiebe, zieh schon mal deine Hosen aus, denn der Rohrstock tanzt bei uns zuhause grundsätzlich auf seinem nackten *Arsch*. Weiter zu deiner Frage Robert: Ja richtig, ich frustriere ihn dann durch empfindlichen *GV*-Entzug, das trifft ihn immer sehr hart! Die Erziehungsvariante kommt bei mir aber nur selten vor, denn da würde ich mich selber ja mit bestrafen.

Lars hat in der Zwischenzeit, ohne sich um mich als Gast in irgendeiner Weise zu scheren, seine Jogginghose und seinen blauen Slip ausgezogen und diese ordentlich auf den Sessel im Wohnzimmer gelegt. Er steht mit einem halbsteifen kräftigen Schwanz nur noch mit Hemd bekleidet im Zimmer.

Helen: (zu Lars)

Leg dich über den Sessel und spreize die Beine schön breit, ich will deine Glocken läuten sehen, gleich geht das Gebimmel los.

Helen :(zu mir)

Jetzt pass mal auf mein lieber Redakteur, du bekommst jetzt bildhaften Nachhilfeunterricht über unser schwedisches Erziehungsprogramm in der

Ehe und wie wir Frauen sie lustvoll für uns nutzen, aber Finger weg vom *Schwanz,* ich sehe leider schon sehr klar, dass du fummeln willst, hahaha!

Red.:

Ich und Fummeln? ja, nein, ja ... ich schaue gerne ....

und wunderte mich erneut über den „Ficken-*knulla*"-Wort-Gebrauch....

Jens legt sich wie von Helen angeordnet über den Sesel und spreizt seine Beine weit, Schwanz und Sack baumeln munter zwischen den Beinen, offenbar kennt Helen das sogenannte Gebimmel sehr gut. Sie nimmt aus einer Schublade des Wohnzimmerschrankes eine braune Lederklatsche und einen Rohrstock. Mit der Klatsche schlägt sie Jens in schneller Folge etwa 20 kräftige Hiebe auf den nackten herausgewölbten Hintern, seine Eier läuten unhörbar aber gut sichtbar. Der Po wackelt nur etwas, bleibt jedoch still. Das ändert sich schnell, als Helen nun zum Rohrstock greift und diesen im Sekunden-Takt auf den bereits gut geröteten Hintern von Jens sausen lässt. Nach 15 Hieben wimmert Jens leicht, dann bei etwa 25 beginnt er „Auauaua" zu jammern. Helen schlägt gelassen und Kräftig noch etwa zehnmal zu, Jens wimmert „OhohoooOhhoooAuaa". Dann ist die Züchtigung beendet. Jens reibt sich den Hintern und schaut

Helen an. Die hat kommentarlos ihren rosa Slip ausgezogen und sich mit weit nach oben geschlagenem Kleid und nackten Hintern auf den Wohnzimmertisch gelegt. Sie spreizt ihre Beine weit nach hinten, ihre nackte fast gänzlich rasierte Muschi liegt offen vor uns. Ich fasse mir unwillkürlich an meinen Schwanz, dem seine Hose schnell zu eng wird.

Jens: (zu Helen)

Danke Helen für die Züchtigung, wenn ich das richtig verstehe dann werde ich mich jetzt bei dir wie sonst bei uns nach einer kurzen Züchtigung üblich bedanken.

Helen:

Du verstehst das richtig Jens, und Robert pass gut auf, die *Muschi-Leck*-Schau bekommt nicht jeder Gast bei uns.

Jens setzt sich auf den Stuhl über dessen Lehne er eben noch Hiebe kassiert hatte und beginnt Helens Muschi auszulecken. Ich schaue ungehindert und natürlich sehr interessiert zu. Helen hat schöne schmale längliche Schamlippen, einen großen vorwitzigen Kitzler und ein kleines blondes Haardreieck darüber. Jens leckt eifrig und nimmt seine

Daumen zu Hilfe, zieht ihr Fötzchen etwas auseinander, um auch an die kleineren rosa leuchtenden versteckten inneren Lippen mit seiner Zunge heranzukommen. Als diese feucht schimmern, beginnt er Helen den Kitzler zu massieren. Jetzt ist es mit ihrer Selbstbeherrschung vorbei, die Gattin atmet nun laut, dann stöhnt sie und danach höre ich...

Helen:

Ju! (*3) Juuuuuuu Bra! (*4) braaaaaa! Lenz, mach noch kurz weiter, dann steck ihn rein! ... Jaajjaa Jetzt reinstecken, jetzt!

Jens hört auf, die Muschi zu lecken, seht vom Stuhl auf und schiebt ganz selbstverständlich seinen inzwischen gut 20 cm groß gewordenen Schwanz problemlos in Helens offene und feuchte Spalte. Er stößt erst viermal kurz, dann viermal lang, dann arbeitet er mit seinem Rohr rhythmisch weiter. Rein-Raus-Rein-Raus, ich schaue fasziniert auf die geile Fickszene und knete meinen harten Schwanz durch den engen Hosenstoff. Helen fasst sich mit dem Mittelfinger sanft an den Kitzler, reibt ihn etwas und dann....

Helen:

Ohhhh, jag kommer, (*5) jujuju! Juuuuuuuu! braaaaaahhh! Jens, braaaahhh!

Jens arbeitet unbeirrt mit seinem Rein-Raus-Spiel weiter, bis auch er, wie wohl mit Helen abgesprochen, nach seiner geilen und strengen *Gattin* mit einem: "*AAAhhaa, juju! Juuuuu! Jag kommer* , braaaaaa!" in ihrer *Pussy* abspritzte.

Jens legte sich nun über sie und gab ihr einen Kuss auf den Mund. Danach standen beide auf und machen sich im Bad frisch. Als Helen aus dem Bad zurück ins Wohnzimmer kommt neckt sie mich.

Helen (zu mir):

Na gut geglotzt Herr Redakteur, war der *Fick* nach deinen Vorstellungen? Oh was sehe ich denn da, du hast ja einen Ständer in der Hose, hast du vielleicht gewichst? Lars, was gibt es in dieser Wohnung für Männer die unerlaubt onanieren?

Red.:

Nein, nein, ich war nur erregt da ihr so toll gevögelt habt, ich habe nicht onaniert.

Lars:

Für richtiges Wichsen gibt es immer Tatzen, 12 mit dem dünnen Rohrstock auf jede Handinnenfläche.

Helen:

Hallo Robert, du hast deinen *Schwanz* vielleiht nicht aus der Hose genommen, das wäre ja noch schöner! Aber dein Reisverschluss ist halb geöffnet! Viel fehlte nicht und du hättest ihn herausgezogen, klar doch! Du hast deinen *Penis* also durch die Hose gerieben und daher hast du ihn auch angefasst, da kannst du mir doch nichts anders erzählen, ich kann sehr gut sehen.

Red.:

Na gut, ich habe meinen *Schwanz* etwas durch die Hose berührt, dann ....

Helen (zu Lars):

Bring mir das dünne Stöckchen!

Helen zu mir:

Hand vorstrecken, erst die rechte, mach schon dalli!

Ich wagte nicht zu widersprechen und streckte die rechte Hand vor, Innenseite nach oben.

Helen:

Auf jede Hand gibt es acht Hiebe, du hast deinen *Schwanz* nicht wirklich fest gewichst, sondern nur gestreichelt, das ist strafmildernd. Aber du hast gewichst und das wird hier bestraft!

Sie nahm den dünnen Rohrstock und schlug ihn mir schnell: „Huitt-huitt-huitt-hutt" achtmal auf die rechte Hand. Es brannte verdammt schnell und intensiv, zum Glück hielt ich die Hand fest nach vorne und zog sie nicht weg.

Helen:

Und nun die Linke, schön brav sein mein Wichser, festhalten!

Ich streckte die linke Hand vor und stützte sie zur Sicherheit mit der Rechten ab. Da pfiff wieder das Stöckchen sehr schnell und heiß, ich glaubte, ich hätte mit der Hand auf einen heißen Ofen gefasst. Dann waren die Tatzen vorbei und ich wedelte mit meinen beiden Händen in der Luft herum. Helen und Lars lachten erfreut.

Helen:

Na mein deutscher Redakteur, juckt das Händchen noch? ich habe übrigens gehört, dass es ein ähnliches GV-Nur-Ja-heißt-Ja-Gesetz bei euch auch bald geben soll. Da kannst du dann gleich die heute gewonnen Erkenntnisse mit deiner Frauen-Kenner-Praxis anwenden. Du bist hoffentlich mit dem Interview und der Vorstellung unseres abwechslungsreichen Lebens in einer guten schwedischen *Ehe* zufrieden, oder?

Red.:

Ja natürlich, sehr interessant und aufregend war es für mich. Das Gesetz für Deutschland kenne ich noch nicht, aber Danke Helen, danke Lars für eure Informationen!

Helen (zu mir):

Und beim Wichsen heute Nacht spürst du hoffentlich noch etwas Feuer in deinen Händchen, hoffe ich, als Erinnerung an die *Muschi-Leck-* und *Fick-*Szene auf dem Tisch.

Red.:

„Oh danke, ja",

sagte ich und verließ schnell die Wohnung der beiden.

Da es noch sehr hell war und nicht regnete, lief ich durch Slottskog-Park um mich geistig etwas zu entwirren. Es war ein sehr erotisches und gleichzeitig interessantes Zusammentreffen mit den beiden: „Jedenfalls ist nicht jede Ehe-Domina in Schweden eine Wortklauberin und Dogmatikerin", dachte ich erleichtert. Nun sammelte ich mich beim Anblick der im Park freilebenden Tiere, Eichkätzchen, Hasen und sogar eine Gruppe Rentiere bekam ich zu Gesicht. Ich stellte mich neben ein ruhig und ungefährlich aussehendes Tier hin und schoss ein Selvi, das schickte ich an Sabrina mit dem Text: "Zwei Bullen vertragen sich gut!" Dann kehrte ich zufrieden in ein Fischrestaurant ein, das direkt neben den bereits geschlossenen Markthallen lag. Das Lachs-Steak schmeckte erfreulich gut nach Meer. Dann gings zu Fuß zurück zum Hotel, für Morgen stand die Weiterfahrt nach Malmö auf dem Plan.

Die Tatzen-Züchtigung von Helen hatte mich etwas aufgewühlt. Es war sehr lange her, als ich in der Schule einmal diese Art der Bestrafung von einer Lehrerinn erhielt. Damals habe ich geheult. Heute erinnerte ich mich an die scharfe Rohrstockzüchtigung, die ich seinerzeit nach dem Intermezzo mit Maike von meiner Gattin erhalten hatte. Doch es war nicht das Jucken am Hintern, es war auch die gespürte Macht der Frau. Und die habe ich heute auch erleben dürfen. Ich beruhigte mich mit einer Flasche Dünnbier aus dem Hotelkühlschrank.

Kurz checkte ich mein Smartphon, Sabrina hatte mein Bullen-Foto wohl witzig gefunden und kommentiert: „Beide habe Hörner!" Ich dachte kurz darüber nach, dann dachte ich an ihre Freundin Bettina und schlief unruhig ein.

*(*1) samlag-App = GV / Geschlechtsverkehr – App in Schweden*

*(*2) knulla = Ficken*

*(*3) ju = ja*

*(*4) bra = gut*

*(*5) jag kommer = ich komme*

Malmö

Ich fuhr sehr früh am Tag mit dem Hochgeschwindigkeitszug von Göteborg nach Malmö. Dies ist die drittgrößte Stadt Schwedens, eine auf mich etwas trist wirkende Einkaufs- und Verwaltungsstadt. Ich tauschte wieder eine WhatsApp mit Sabrina aus, sie schrieb mir von der Fortbildung, zu der sie ab heute angemeldet ist. Für mich irgendwie weit weg, ich schaute aus dem Fenster. Nach einer mehrstündigen Bahnfahrt brachte ich die 700 km zurückgelegte Fahrtstrecke etwas geschlaucht hinter mich. Ich war total müde und checkte ich in das nahe am Bahnhof Malmös gelegene Scandlines-Hotel ein. Das Wetter war grau und regnerisch. Ich aß in der Bahnhofshalle noch zwei Fischbrötchen und legte mich dann sofort ins Bett. Vor dem Einschlafen dachte ich an Sabrina, sie ist Abteilungsleiterin in der Kommunalverwaltung und macht Karriere. Ihre Kollegin und Freundin Bettina begleitet sie auf das Seminar. Ich habe wirklich nichts gegen Lesben. Nur, ...alles gut, dachte ich mir. Sabrina hatte mich damals für jeden von mir gestandenen Fick mit Maike nicht nur mit dem Rohrstock, sondern auch mit jeweils einer Woche Sexentzug bestraft. Das hatte gesessen. Ich fasste an meinen halbsteifen Schwanz, doch ich wollte nicht onanieren, ich schlief ein.

Am nächsten Morgen war ich schnell dem schmalen Hotelbett entstiegen, die Nacht war zum Glück schnell vorbei, ich hatte gut geschlafen. Nach dem kargen und einfallslosen Frühstück im Hotel sah ich den nahe am Bahnhof gelegenen bekannten „Turning-Torso", ein in sich verdrehtes Hochhaus, eine architektonische Delikatesse. Ich lief über den nahe bei dem Hauptbahnhof gelegenen „Stortorget-Platz" mit Rathaus, historischem Residenzgebäude und König Karl-Gustav-Statue. Ich stellte mich daneben, schoss ein Selvi mit dem schwedischen König und schickte es an Sabrina. Schnell fand ich die zentrale Bushaltestelle und erreiche den richtigen Bus. Mit dem unbemannten rechteckigen Gefährt ging es sicher und schnell durch die Stadt. Auch hier waren kaum PKWs, dafür umso mehr Transport-Fahrräder, E-Roller und natürlich Fußgänger zu sehen. An meine Kontaktperson Beatrice schicke ich eine Termin-Check-Nachricht auf WhatsApp.

Bei regnerischem Wetter fahre ich mit dem künstlich wirkenden Stadtbus in den Wohnbezirk Möllevangen am Rande von Malmö zur Familie Holmberg. Dort gibt es viele arabische und türkische Läden, aber auch normale Arbeiterkneipen und schlichte Einkaufszentren. Das Viertel ist wohl nicht gefährlich, aber doch etwas gewöhnungsbedürftig. Am Hauptplatz des Viertels gab es verschiedenste internationale Restaurants, wenn ich Zeit gehabt hätte, dann währe eine kulinarische

Weltreise möglich gewesen. Dem war aber nicht so, ganz und gar nicht. Es ist kühl neblig und der Nieselregen will nicht enden. Ich blicke nochmals sicherheitshalber in mein Dossier auf meinem Smartphon: Die Ehefrau Beatrice ist 37 Jahre alt, hat rötliche Haare und einen Pagenschnitt. Sie ist Verkäuferin im einer Warenhauskette in der City von Malmö. Sie ist seit neun Jahren mit ihrem Mann Fredrik verheiratet. Der ist 45 Jahre alt, hat längere lockige tiefblonde Haare und arbeitet ebenfalls in der gleichen Firma wie seine Frau als Lagerist, allerdings nur 28 Stunden pro Woche, während Beatrice 38 Stunden arbeitet. Beatrice hat in ihrer Akte vom Sozialministerium/Abt. Frauen den Vermerk "UnfVeS" (*11) erhalten, was bei dem Formblatt im Kleingedruckten als „Unweibliches nichtfeministisches Verhalten einer erwachsenen Schwedin" aufgelöst wird. Auch hier bin ich sehr gespannt. Ich gehe drei Minuten zu Fuß und bin an einem 5-stöckigen Wohnhaus angekommen. Da summt mein Smartphone. Nachricht: „Ja klappt, kann aber 5 Minuten später werden. Sorry Beatrice". Das kann ja heiter werden. Ich stehe vor dem Haus und trete in den Eingangsflur. Auch hier sind, wie in meinem Hotel, die Aufzüge nach Geschlechtern getrennt. Ich drücke den Knopf und warte bis der Männer-Aufzug unten im Flur ankommt.

Hinter mir trippelt eine Frau in Eile heran, auf die fast die Beschreibung von Beatrice passt, ich öffne die Tür zum Männer-Aufzug. Die Dame schaut mich fragend an, schweigt jedoch. Selbstverständlich steigt sie kurz vor mir in den Frauen-Aufzug ein, diese bauliche Trennung von Aufzügen gilt in Schweden seit 2022, also seit gut 2 Jahren. Wir kommen fast zeitgleich oben an, nun begrüßt sie mich: „Aahh, bist Du der Redakteur aus Deutschland der heute ein Gespräch mit uns führt? Ich bin leider etwas knapp dran, da im Betrieb noch etwas schiefgelaufen ist und gedauert hat." Sie schließt etwas hektisch die Türe auf, der rotgelockte Fredrik kommt uns entgegen und sagt: „Ohh, ihr seid zusammengekommen, das ist ja nett!" Ich ergänze die Begrüßung: „Ja was für ein Zufall, also ich bin der Redakteur Robert aus Deutschland, ihr habt mich eingeladen zum Gespräch, hier bin ich!"

Zu meiner Überraschung wird mir alkoholreduziertes Bier und mit weißem Frischkäse bestrichene Kekse von Fredrik angeboten. Beatrice trägt einen beigen herzförmig ausgeschnittenen Nylon-Pulli und einen relativ kurzen dunkelgrünen Faltenrock. Sie läuft etwas hektisch durch das geräumige Wohnzimmer. Fredrik ist mit einer grau-blau gemusterten, eng sitzenden aber bequemen Leinehose bekleidet, auch er läuft etwas planlos auf und ab. Die Wohnung ist seltsam geschnitten, alle Zimmer haben offensichtlich Zugang zum kleinen Flur. Allerdings ist die etwas kleingeratene Küche, in der nur ein kleiner Tisch und zwei Hocker stehen, mit einer Art von Durchreiche mit dem

Wohnzimmer verbunden. Durch dieses Schiebfenster aus Milchglas gibt nun Beatrice die Gläser und die Kekse, dann kommt er durch die Türe zu Beatrice und mir ins Wohnzimmer. Ich beginne die Befragung des etwas unsicher wirkenden Paares:

Red.:

Seit über 8 Jahren gibt es in Schweden das *Zustimmungsgesetz* und seit vier Jahren das Züchtigungsrecht der Hausherrin über den Gatten. Wie haben euch beide Regelungen beeinflusst, hat es eure *Ehe* verändert?

Fredrik:

Ja natürlich, denn direkt nach unserer Heirat habe ich mit Beatrice einfach ganz normal geschlafen, ohne Stress und Formulare. Da sich die Rechtslage geändert hat und uns Männern nach den „Nur-Ja-heißt-Ja-Gesetz" *Vergewaltigung* vorgeworfen werden kann, wenn wir die Einvernehmlichkeit eines *Geschlechtsverkehrs* nicht beweisen können, haben wir im Laufe des Jahres 2018 die *samlag-Formulare* (*1) eingeführt und ich hebe sie auf, hier ist der Ordner.

(Er zeigt einen Leitz-Ordner mit zwei Reitern oben, auf einem steht „Beatrice" mit vielen Blättern dahinter, auf einem steht „Emma" mit weniger Blättern dabei, das registriere ich kommentarlos)

Das war dann jedoch zu bürokratisch. Ab 2020 habe ich dann die Print-Formularanfrage mit einer E-Mail an Beatrice getauscht, das war einfacher, trotzdem etwas nervig. Dummerweise hatten wir uns beide in diesem denkwürdigen Jahr in einem Straßen-Lokal mit Covid-19 infiziert, sind jedoch nach etwa fünf bis sechs Wochen wieder genesen. Jedenfalls leben wir beide gesund und freuen uns des Lebens, das können ja nicht alle Schweden von sich sagen! So und weiter zu deiner Frage: Ab Mitte 2021 hat jeder von uns zwei die sehr praktische und auch benutzerfreundliche Zustimmungs-*samlag*-App (*2) auf seinem Smartphon. Da sind alle *GV*-Anfragen gespeichert und bleiben es sicher auch.

Beatrice:

Soviel geändert hat das *Zustimmungsgesetz* und die damit nötig gewordenen, etwas albernen und altmodischen Formulare und auch die Zustimmungs-*samlag*-App beim *Bumsen* für uns nicht. Ich bin ja immer sehr froh, wenn Fredrik mit mir *Ficken* will, warum soll ich denn da nicht begeistert „Ja" sagen? Es gibt sehr selten einen Grund, dass ich leider „Nein" sagen muss! Sex ist etwas sehr Schönes und in einer *Ehe* ist es für mich doch klar, dass beide gerne und so oft wie möglich zusammen *Ficken* wollen. Seit wir vor sechs Jahren die Corona-Krankheit zum Glück gut überstanden haben ist uns ein lustvolles Leben miteinander noch wichtiger geworden. Das Zustimmungsgesetz und Formular haben sich die nach wie vor frustrierten Lesben von der Frauen-Fortschritts-Partei ausgedacht, na gut es schadet ja nicht, ich will nicht motzen. Die *samlag*-App mindert wenigstens die bürokratischen Hürden vor dem *Bumsen* recht ordentlich ab. Unbedingt brauchen würden wir sie nicht, doch wenn es etwas technisch Neues und auch Praktisches gibt, warum nicht benutzen, oder?

Red.:

Ich bin überrascht, schön zu hören. Wie steht es da mit dem Züchtigungsrecht über den *Gatten*, der kann ja nun seit vier Jahren von dir und von seiner Chefin seit drei Jahren gezüchtigt werden. Ist das so bei euch üblich und wird das auch praktiziert?

Fredrik:

Ja das ist leider so. Beatrice verhaut mich manchmal, allerdings nicht oft, ich schätze so einmal im Monat, darum hat sie ja Probleme bekommen. Im Betrieb allerdings, ich arbeite in einem Lager wo fünf Männer, eine Kollegin und eine Chefin arbeitet, vergeht seit drei Jahren keine Woche, wo ich nicht entweder von der gewissen Kollegin oder meiner Chefin den *Arsch* versohlt bekomme. In der letzten Woche und gestern gab es sogar von beiden den Nackten voll.

Red.:

Wieviel Hiebe setzt es denn in der Regel so, wenn du von „den Hintern versohlt" sprichst? Ist das irgendwo festgelegt?

Frederik:

Nein, das ist der *Frau* überlassen die mich züchtigt. Das können 25 Schläge sein, aber auch 50, 75 oder mehr, nur die Hunderter-Marke wird wohl selten überschritten, möglich ist es jedoch.

Red.:

Es kann also Beatrice genauso wie deine Kollegin oder Chefin dir so viele Schläge auf den *Arsch* geben wie sie wollen, ohne klares Urteil, wie zum Beispiel: Du bekommst für dies Vergehen oder jenen Fehler 50 Hiebe?

Frederik:

Ja so ähnlich ist es. Die Anzahl der Hiebe soll „aus gegebenem Anlass in angemessenem Umfang entsprechend der Verfehlung" erteilt werden. Es liegt also allein im Ermessen der züchtigenden Erzieherin wieviel sie mir verpasst. Ich bekomme manchmal zwei Züchtigungen am Tag, das können dann insgesamt gut 100 Schläge sein. Beatrice tröstet mich dann mit einem zärtlichen *Fick*, aber das ist nun nicht mehr so einfach....

Beatrice:

...ja, denn ich sollte ihm dann zuhause nochmals versohlen, das sehe ich aber nicht generell ein. Wenn er wirklich zu faul oder schlampig war, gut, da kriegte er dann von mir nochmals was hinten drauf, aber wenn er vermeintlich seine doofe Kollegin zu lange angeschaut haben soll, nein das mach ich nicht. Natürlich sage ich das nicht nur hier und zu dir, sondern auch in unserem Betrieb und wo es mir danach ist. Dummerweise ist das nun so gelaufen, dass ich seit etwa zwei Jahren als UnfVeS-Frau gelte und daher selber der körperlichen Züchtigung von meiner Chefin und Erziehungsbeauftragten hier im Haus unterliege, soweit ist es in Schweden gekommen, nicht zu glauben!

Beatrice:

Nicht ganz aber fast. Sie sollen wie es heißt „maßvoll" sein, was so ungefähr bis zu fünfzig Schlägen für mich bedeuteten kann. Da ich mit meiner Kritik an den Züchtigungen von Frederik und anderen unschuldigen Männern aufgefallen bin und meinen *Ehemann* normaler weise nicht durch Sexentzug bestrafe, werde ich also, trotzdem ich eine schwedische *Ehefrau* bin, ähnlich wie ein aggressiver *Mann* bestraft. Eben nur etwas weniger, wenn ich Glück habe.

Red.:

Wie soll ich das verstehen? Du hast deinen *Mann* zu selten geschlagen und wirst dafür im Betrieb verhauen? Wer ist die Erziehungsbeauftragte denn?

Beatrice:

Frederik und ich arbeiten ja im selben Betrieb, nur in anderen Abteilungen. Das wird natürlich bekannt, wenn er nicht jedes Mal von mir Schläge bezieht und ich dann auch noch mit ihm *ficke,* nur weil die dumme Gans von Kollegin in versohlt oder wegen nichts der sexuellen Belästigung bezichtigt und bei der Chefin anschwärzt. Ich habe da bei ermahnenden Gesprächen mit der Firmenleitung dagegengehalten und mir selber das Recht herausgenommen, wann ich meinen Mann züchtige und wann ich mit ihm *ficke* oder nicht! Innerhalb von wenigen Monaten wurde ich deswegen als „unweiblich und nichtfeministisch" eingeschätzt. ... Dumm gelaufen, wir versuchen das Beste draus zu machen.

Red.:

(Ich dachte mir: Auch die sagen „*knulla* und Ficken" (*3), nicht übel. Aber da bin ich also bei einer schwedischen Dissidenten-Familie gelandet, wenn ich das richtig sehe.)

Ich sagte dann:

Du kannst deinen Mann verhauen und du bekommst auch als schwedische Frau selbst Schläge von einer anderen Frau? Und Fredrik bekommt von dir, deiner Chefin und einer Erziehungsbeauftragten Hiebe, das ist ja echt neu, gibt es das wirklich?

Frederik:

Ja natürlich, du wirst nicht lange warten müssen, denn du wirst sicher bald unsere tolle „Erziehungsbeauftragte", also die Emma von nebenan kennenlernen. Beatrice hat heute im Betrieb Hiebe bezogen, da soll sie zuhause Nachgestraft werden. Ich als ihr *Ehemann* darf das in Schweden natürlich nicht machen, ich muss eher selber auch noch zusätzlich den Hintern hinhalten, wenn sie Prügel bezogen hat, denn der *Ehemann* hat da im Zweifel ja immer eine Portion Mitschuld. Die Emma wurde sicher vom Betrieb informiert...

Es klingelte und die beiden schauten sich fast lächelnd an. Fredrik stand auf und öffnete die Tür, Beatrice fasste mich am Arm und tätschelte ihn zart: „Nun erlebst du wie Schweden wirklich ist!" sagte sie leise zu mir. Da trat eine Frau Mitte

Fünfzig ein, dunkelblondes Haar zu einem Dutt geformt und mit interessanten aber doch strengen Gesicht. Ich stand auf und lächelte sie sehr freundlich an. Auch Beatrice stand auf, gab ihr die Hand und machte einen kleinen Knicks vor ihr.

Beatrice:

„Guten Abend Emma, schön dass Du gekommen bist, die Firma hat dich sicher über mein heutiges Missgeschick informiert, ich musste eine halbe Stunde Nacharbeiten und bin leider gründlich versohlt worden, klar warum du jetzt schon da bist. Ich muss dir noch unseren Gast hier vorstellen, das ist der Redakteur Robert aus Deutschland, wahrscheinlich bist du von der Behörde schon informiert worden? Er führt Gespräche über die Auswirkungen des Nur-Ja-heißt-Ja-Gesetztes und über die körperlichen Züchtigungspraktiken bei uns, da kann er doch sicher …

Emma:

…sicher etwas lernen. Natürlich bin ich vom Amt informiert worden, dass der Mann aus Deutschland bei euch ist. Er kann real sehen wie ihr zwei hübschen den *Hintern* voll bekommt, da ihr beide offensichtlich zum Arbeiten zu faul seid, die Hausherrin sich wie eine läppische Schlampe benimmt und dem werten Herrn *Ehemann* seine chauvinistischen Verhaltensweisen nicht austreibt. Aber nun gut, dafür bin ich ja eingesetzt worden, um euch auf den Pfad der feministischen schwedischen Tugend zu bringen. Herr Redakteur, Du kannst von mir aus gerne hierbleiben, zeig mir aber deine Arbeitserlaubnis und das okay-Schreiben unseres Ministeriums vor, sonst ...

Red.:

Guten Tag Emma, ich freuen mich sehr, eine wichtige und zentrale Frau aus dem schwedischen Erziehungsbranche kennen lernen zu dürfen. Natürlich habe ich die geforderten Unterlagen auf meinem Smartphone abgespeichert, hier sind sie!" (Ich tippte die Dateien an und gab ihr mein Smartphon. Ich hatte auch noch einen abrufbaren Code für spezielle Nachfragen an den Verlag und Sozialministerium auf meinem Smartphon, den ich ihr zeige. Sie checkte mit ihrem Gerät entgegen, wartete einen Pieps-Ton ab und nickte.)

Emma:

Okay Redakteur, du kannst bleiben, das wird auch für dich ein lehrreicher Abend.

Sie holte aus ihrer Handtasche eine blaue Pille, brach sie entzwei und gab Frederik und mir jeweils eine Hälfte.

Die schluckt ihr jetzt, ihr werdet heute Abend noch als Männer gebraucht werden.

Sie tippte in ihr Smartphone wild ein, dann piepste es bei beiden Geräten von Frederic und Beatrice. Beide schauten sich etwas verwundert an, dann bestätigten sie wohl irgendeine Anfrage von Emma mit Piepston. Emma nickte zufrieden lächelnd.

zu Beatrice:

Gehe in die Küche, du bekommst jetzt sofort von mir als häusliche Nachzüchtigung für die im Betrieb erhaltene Wichse deinen nackten *Arsch* versohlt. Dann kommt noch die Strafe fürs gestrige *Ficken* mit deinem gezüchtigten *Gatten* hinzu, denn wenn sich eine Schwedin wie eine Nutte verhält, wird sie zum Glück ja seit zwei Jahren auch wie eine solche bestraft! Du wirst einen knallroten *Arsch* bekommen, den musst du dumme Schlampe aber nicht deinem *Mann* zeigen! Verstanden?

zu mir:

Robert, Gib mir jetzt deine Handynummer, ich schick dir eine Nachricht! Es geht um *GV und Ficken,* verstehst du!

Red.:

Also wieder „*knulla!*" dachte ich mir und nickte beflissen.

Wir tauschten beide schnell unsere Handy-Nummern aus, während dessen wurde mein Schwanz hart. Ich war sehr gespannt, mit welcher von den beiden Damen ich heute noch das Vergnügen haben würde.

Beatrice und Emma verließen ohne weitere Kommentare das Wohnzimmer. Frederik und ich blieben alleine in dort zurück. Es öffnete sich das Milchglasfenster der Durchreiche und Beatrices Kopf, Arme und Oberkörper schauten ins Wohnzimmer, dann wurde das Fenster aus der Küche herunter auf Beatrice geschoben. Sie schaute uns beide mit leicht gerötetem Kopf etwas verdutzt an, sie lag mit den Rippen auf dem 30 cm breiten Brett der Durchreiche fest auf, ihr Busen hing leicht nach unten und quoll aus der Bluse heraus. Ich blickte fragend zu Frederik.

Frederik:

Sie bekommt jetzt von Emma die Strafe dafür, dass sie mich gestern nicht verhauen, sondern mit mir gevögelt hat. Zusätzlich bekommt sie die Nachzüchtigung für ihre heutigen Betriebsstrafe. Wir Männer dürfen die Züchtigung einer *Frau* nicht sehen, das ist in Schweden verboten. Sie darf aber schon vor uns gezüchtigt werden, nicht jedoch so, dass wir Männer dabei ihren *Hintern* oder die *Muschi* sehen können. Ich als ihr Mann kenne natürlich beides bestens, aber, du weißt ja, die Feministinnen und ihre formalistischen und abwegigen

Wahnvorstellungen, die peilen einfach wenig. Die leben in ihrer eigenen Welt! ....

Da vernahmen wir es leicht gedämpft aus der Küche wie Pitsch-Patsch klatscht, es hörte sich an, als würde Beatrice mit einem kräftigen Kochlöffel auf den nackten Hintern gehauen. Wir schauten ihren Kopf an und offensichtlich war es so ähnlich, ihr Gesicht wurde röter und die Augen glotzten wild nach vorne. Nach gut zwei Minuten Klatschen begann sie zu jammern und mit den Armen wild herum zu fuchteln. Dann war das Klatschen zu Ende. Nun gings in der Küche wohl erst richtig zur Sache. „Huiitt-Pitsch- Huitt-Patsch" klang es leiser ins Wohnzimmer, offensichtlich führte nun Emma mit dem Rohrstock die Züchtigung auf Beatrices Hintern fort. Mit einer enormen Wirkung die so für mich sichtbar wurde: Das süße Köpfchen von Beatrice schwankte von rechts nach links, es drehte sich im Kreis und die Arme fuchtelten wie wild in der Luft herum als wollte sie einen Schwarm fliegen fangen. Die nach unten hängenden Busen wackelte in ihrer Bluse sichtbar auf und ab, das Gesicht war knallrot, Tränen liefen ihr die Backen herunter und sie heulte und rief:

Beatrice:

AuauauauOhhooo, mein *arsie (*4)*, das tut wee-ehhh, bitteeee aufhören, Emmaaa UUUUUU Hueueueueu, nein ich mach es nie wieder, ja ich prügle meinen *man* uuuuhhhuuuu Auauauau

Biiiitteeee, nein nicht mehr, liebe Emma, bitte aufhören!

Schließlich hatte das jämmerliche Züchtigungs-
Theater ein Ende, ich starrte gebannt auf Beatrice,
die Schläge hatten aufgehört. Irgendetwas neues
passierte da, so schien mir. Beatrices Kopf wirkte
sehr konzentriert, dann rief sie laut: „Nein Ohhh,
nein, wie das brennt ohhh, nein AAaah." Wieder
liefen ihr Tränen über die Wangen. Dann sah ich,
dass die Milchglasscheibe nach oben gezogen
wurde, wie Beatrice sehr schnell mit ihrem Oberkörper aus dem Wohnzimmer zurückzog und ich
aus der Küche nun ein „Hände weg vom *Arsch*!"
von Emmas Stimme hörte. Nun begann sich Frederic ohne weitere Ansage von Emma seine dunkle
Hose und auch den knallroten Slip aus zu ziehen,
er wusste wohl aus Erfahrung was von ihm verlangt und erwartet wurde. Er wurde nicht ent-
täuscht. Kaum hatte er seine Hosen herunter und
den nackten Hintern im Wohnzimmer präsentiert,
so musste er sich nun – aber umgekehrt wie zuvor
seine Gattin - mit dem nackten Hintern in das
Wohnzimmer ragend durch die Durchreiche in die
Küche bücken. Nun erschienen die mit Kochlöffel
und Rohrstock bewaffnete Emma und die ver-
heulte und rotgesichtige Beatrice im Wohnzimmer.
Diese fasste sich vorsichtig unter den kurzen Rock
und massierte engagiert ihren versohlten *Hintern.*

Emma zu mir:

Du hast es ja gehört, ich habe ihr gründlich den Popo versohlt. Und um ihr das Trost-*Bumsen* mit ihrem *Ehemann* endlich auszutreiben, bekam sie von mir ein großes hübsches Zäpfchen in die *Muschi* gesteckt, das spürt sie noch einige Zeit. Warten wir ein paar Minuten ab, unterhalte dich weiter mit ihr, ich versohle in der Zwischenzeit Frederik den *Arsch* hier im Zimmer. Pass gut auf aber lass dich dadurch nicht stören, ich kenne Frederik sehr gut, der ist es gewöhnt, auch von mir gezüchtigt zu werden.

Red.:

Tut mir leid, ich verstehe nur Bahnhof. Du bestrafst Sie, weil sie mit ihrem Mann geschlafen hat und darum soll ich sie vögeln, ist das logisch?

Emma:

Ich habe ihr Zäpfchen in Po-Loch und in die *misse* gesteckt, die aus einem Ingwer-Extrakt sind, also alles ganz natürlich. Das löst sich in 5 bis 10 Minuten auf, brennt und juckt aber im *Arsch* noch etwa eine Stunde, in der *Muschi* bis zu drei oder vier Stunden. Das heißt jedoch noch lange nicht, dass sie nach der Züchtigung und der *Muschi*-Stöpselung, nicht *Ficken* könnte. Für den *Mann* empfiehlt sich in dieser Situation natürlich Vorsicht beim *Ficken* und selbstverständlich zwingend der Gebrauch eines Kondoms, sonst ist es mit der steifen Herrlichkeit sehr schnell vorbei. Da musst du sehr gut aufpassen, dass der Pariser nicht rutscht oder reißt, sonst bist du nicht nur wegen Stealthing zu belangen, sondern dein Schwanz dürfte für einige Stunden nicht mehr auf der Höhe sein.

Red.:

Das mit dem Ingwer-Zäpfchen ist wohl eine schwedische Spezialität? Das habe ich noch nie gehört!

Emma:

Ja, so zusagen ein uraltes schwedisches Hausmittel gegen allerlei Krankheiten. Das hat schon Astrid Lindgren in Pippi Langstrumpf mal gut beschrieben. Jetzt ist das aktuell so im Handel erhältlich nur für Frauen. Es wirkt jedoch so, dass sich die Zäpfchen im Po von ihm und natürlich auch ihr oder eben auch in ihrer Muschi in fünf Minuten auflösen. Der Ingwer kommt voll zur Wirkung und brennt einige Stunden, schädigt aber nicht. Es gibt auch anregende Zäpfchen mit anderen Wirkstoffen, die kannst du nachher mal probieren. Checke jetzt dein Smartphon, es piepst, ich glaube Beatrice will mit dir *Ficken*, kapiert? Ich habe im Übrigen von ihr auch deine Handy-Nummer bekommen, wundere dich nicht darüber.

Ich wunderte mich nun über gar nichts mehr. Warum auch?

Emma wendet sich nun mit dem Rohrstock bewaffnet dem in der Durchreiche eingeklemmten Frederik zu. Beatrice verzieht ihr Gesicht zu einer üblen Grimasse, will sich setzen und steht gleich wieder auf:

Beatrice:

Oh du lieber Robert, mir tut mein *Popo* so weh, du glaubst es nicht. Meine *Muschi* glüht echt wie Hölle, die Emma hat mit da irgendwas Brennendes und Juckendes reingeschoben, ich glaube, dass ich nie mehr mit dieser *Muschi* einen guten *Fick* haben werde, so verdammt brennt das! Mein Frederik wird dumm schauen, denn *Bumsen* ist mit mir mit meiner jetzt so sehr brennenden Fotze nicht möglich.

Wir hören heftiges Rohrstock-Pfeifen, denn Emma bearbeitet munter den nackten und immer röter werdenden *Hintern* von Frederik. Von ihm war kein Laut zu vernehmen, nur sein Popo wackelte enorm. Ich hatte in der Zwischenzeit eine SMS bekommen, unklar ob sie von Emma oder Beatrice war, jedenfalls stand dort: „Beatrice geschützter *samlag* mit

Robert einverstanden! Bestätige!" das tat ich sofort.

Red.:

Emma wollte dich für den *GV* mit Frederik von gestern bestrafen, hat dich versohlt und die *Muschi*
gereinigt, wie sie mir sagte. Ich glaube, Emma will,
dass ich dich durchvögle und ich muss sagen, ich
hätte auch große Lust dazu. Vielleicht hört das
Brennen in deiner *Fotze* ja auf und du wirst geil,
wenn mein *Schwanz* in deiner *Fotze* auf und ab
stößt, so als Mösenreiniger, quasi wie ein „Rohr-
frei"-Kolben oder Stöpsel?

Emmas Rohrstock schlägt weiterhin kräftig Huitt-
Pitsch-Huiit-Patsch auf Frederiks Hintern auf. Ein
leises Grummeln ist von ihm durch den Spalt an
der Durchreiche zu vernehmen, mehr nicht.

Beatrice:

Oh das kann ich mir im Moment überhaupt nicht
vorstellen, es brennt und juckt ja schon, nur wenn
ich die *Fotze* kurz berühre, geschweige denn etwas
hineinstecken. Ansonsten würde ich gerne mit dir
Bumsen. Frederike versteht das, aber heute nach
der Strafe, ich ....

Wir hören weiterhin kräftige Rohrstockhiebe, Frederik wackelt sehr mit dem *Popo* und hüpft mit seinen Beinen. Leise „Auauau"-Schreie hallten bis ins Wohnzimmer.

Red.:

.... Naja, ich bin ja nur heute da, eine spätere Gelegenheit wird es kaum geben. Vielleicht vergeht das Jucken bald. Aber noch eine andere Frage an dich: Ich habe kurz in Frederiks über sechs oder sieben Jahre alten *samlag-Ordner* Formulare mit deinem Namen auch mit den von Emma gesehen, die ihn ja gerade sehr kräftig durchwichst, wie kommt das?

Beatrice:

Ja das kannst du in den alten Blättern nachvollziehen, klar. Stell dir vor, er war damals ein echtes Technik-Mammut. E-Mails schreiben vermied er so lange es ging, er schrieb lieber mit der Hand. Frederik telefonierte lieber als mir eine WhatsApp zu schreiben, heute kaum zu glauben. Er wollte bis 2018 kein Smartphone benutzen, ab 2019 hat er es endlich verstanden und nutzt es seitdem ganz gut. Mit der benutzerfreundlichen *samlag*-App hat die *GV*-Kommunikation seit 2021 jetzt jeder von uns nur auf seinem Smartphone. Es ist mit der

Emma ganz einfach, denn wenn ich im Betrieb oder von ihr gezüchtigt worden bin, nimmt sie Frederik mit zu sich rüber, sie wohnt ja hier im Haus direkt gegenüber. Dann *fickt* sie meist sehr ordentlich mit ihm, politisch korrekt natürlich mit Kondom geschützt. Ihr Mann und ich gehen an dem Abend leer aus, daher hatte er die alten Formulare von ihr und jetzt eben die gemeinsame *samlag*-App. Ich bin jedoch nicht eifersüchtig, das ist bei uns in Schweden eben mit dem Männer-Aufteilen so geregelt. Emma nutzt Frederik so ähnlich wie eben einen Bio-Vibrator, verstehst du?

Die Züchtigung des von Beatrice als „Bio-Vibrator" bezeichneten Mannes Frederic hatte nur ihren Höhepunkt erreich, ein klägliches Jammern dringt aus der Küche zu uns herüber.

 Dann schließt Emma Frederiks Bestrafung mit den Worten ab:

 Das war's mein Junge, du bleibst noch eine Zeit in der Durchreiche hängen, wir wollen deinen hoppelnden *Arsch* noch sehen. Emma wendet sich uns zu.

Red.:

Oh, Frederik hat ja eine harte Strafe von dir bekommen, liebe Emma das wird dann heute Abend sicher nichts mehr mit einem *GV* weder mit ihm, noch mit Beatrice. Ihm brennt sicher der Hintern lichterloh und sie juckt die *Muschi* da ist *Bumsen* nicht drinnen, selbst wenn ich möchte.

Emma (sie geht zu Beatrice und spricht ihr leise einige Worte ins Ohr, Beatrice öffnet erstaunt oder erschreckt die Augen und nickt schnell):

Dann spricht Emma zu mir und Beatrice:

Robert, du ziehst dir jetzt auf der Stelle das Kondom über, das ist jetzt nicht nur zum notwendigen Schutz der Frau vor Ansteckung und Schwangerschaft, sondern im heutigen Falle auch zu deinem eigenen Wohlergehen.

Und du, Beatrice, leg dich auf den Tisch und nimm die Beine hoch nach hinten. Du hast vorher deine Zustimmung gegeben, dass dich unser Redakteur *Ficken* kann und das wird er jetzt tun. Robert, wenn du sie gut rannimmst, dann gibt sie dir die Antwort auf die Fragen die du mir vorher gestellt hast, verlasse dich drauf. In der Zeit während du ihre *Muschi* auf dem Tisch bearbeitest, creme ich den Hintern von Frederik ein und schau euch zu.

(Sie nimmt eine Salbe und reibt sie auf Frederiks zuckenden Hintern, der winselt erbärmlich, dann wäscht sich Emma die Hände, schenkt sich ein Glas Wasser ein und schaut uns zu. los geht's!")

Red.:

Komm Beatrice, sag ich es doch, leg dich auf den Tisch, ich *Ficke* dich jetzt durch. Das wird sicher sehr geil und gut für deine *Muschi* sein, glaub mir, ich kenn mich da gut aus!

Beatrice:

Wenn du meinst, gut, bitte, dann probieren wir es eben, aber du musst aufhören, wenn es weh tut.

(Sie setzt sich auf den Tisch, legt sich flach auf den Rücken und spreizt die Beine weit nach oben und hinten. Ihre schmallippige Pussy liegt nun offen vor mir, sie ist etwas gerötet. Die äußeren Labien sind so kräftig, dass sie die inneren fast verdecken. Ich stecke meinen Mittelfinger in ihre feuchte Pussy und ziehe sie auseinander, da kommt die ganze rosa Herrlichkeit zutage. Dann ziehe ich mir vorsichtig aber gekonnt den Pariser über. Ich gebe etwas Gleitgel drauf, dann ramme ich ihr im Stehen meinen harten Jonny, der jetzt mit einem rosa Kondom bekleidet ist, erst leicht dann kräftig in ihre süße Grotte. Schon bei den ersten Stößen stöhnt Beatrice erstaunlich laut auf. Ich freue mich und bin sicher, dass ich nicht aufhören werde sie durch zu ziehen, bis ich in ihr abgespritzt habe.

Ihre Muschi fühlt sich irgendwie enger an als die meiner Sabrina, ich genieße den Fick also doppelt. Ich stoße und stoße, Beatrice beginnt zu Jammern. Einerseits denke ich mir: „Sei endlich still du Tussi", andererseits erregt mich ihr unkoordiniertes Wackeln mit der Hüfte. Es wirkt wie eine zusätzliche Massage meines Schwanzes. Die Pussy bleibt schön eng und schmiegt sich gut um meinen *Schwanz*. Die äußeren Schamlippen wickeln sich um ihn beim Rein-Raus-Spiel. So habe ich das bisher zuhause bei meiner Frau noch nicht gesehen. Also Genuss pur!

Emma steht neben uns und kommentiert den GV auf dem Wohnzimmertisch so:

Emma:

Ja das ist ein schönes Fest für den Redakteurs-Schwanz, auch wenn die Besitzerin der juckenden *Muschi* sehr leiden muss. Das ist auch sicher nicht der letzte *GV* den du heute haben wirst, denn ich bin überzeugt, dass dein lieber *Gatte* dich heute sicher noch ein- oder zweimal rannehmen wird. Viel Vergnügen mit der juckenden *Muschi* du Schlampe. Du wirst es dir merken, wenn Frederik das nächste Mal den *Arsch* voll bekommen hat, gibt es zuhause zusätzliche Strafe durch Sex-Entzug, hast du das endlich kapiert?

(Rein, Raus, rein, raus, ihre kräftigen Labien stülpen sich richtig um mein bestes Stück. Während dessen komme ich näher zum Höhepunkt, das Gezappel von Beatrice reizen meinen Schwanz enorm, ich schiebe konzentriert Raus und Rein, vor und zurück. Da fängt Beatrice zu singen an)

Beatrice:

Ohhoo AAAhhh es brennt so, nicht mehr stoßen AAhhh... Ja ich hab's verstanden Emma! Ohoooo das gibt es nicht! *jag kommer, (*4) ju (*5) juuuuuu!*

Ich komme offensichtlich fast gemeinsam mit Beatrice! Meine Beine werden schwach, jetzt habe ich ihr eine volle Ladung in die Pussy gespritzt. Das war gut, aber es wurde auch Zeit, länger hätte ich ihr anregendes Gejammere nicht mehr mit anhören können. Obwohl? Gut war es schon. Ja es war wirklich toll! Ich zog meinen Schwanz aus ihrer glitschigen *Muschi* und entsorgte den abgestreiften Pariser im Mülleimer.

Eine viertel Stunde später saßen Emma, Beatrice, Frederik und ich am Tisch, wir waren geduscht und normal bekleidet. Das Gespräch und die Aktionen waren beendet, nicht jedoch der Tag. Beatrice verzog noch immer ihr Gesicht zur Grimasse und rutschte unruhig auf dem Sessel hin und her, Frederik saß ebenso zappelig, hatte sich jedoch gut gefangen.

Emma nahm mich am Arm und sagte lächelnd zu mir:

Der Robert geht jetzt noch auf einen Sprung mit zu mir, um meinen *Ehemann* zu begrüßen. Euch beiden wünsche ich noch viel Spaß heute Nacht, ich schätze, es wird eine heiße Nacht, zumindest für dich Beatrice. Ich denke du lernst aus dem heutigen Abend. Die beiden angesprochenen nickten vielsagend. Wir verabschiedeten uns.

Emma und ich hingen zur Wohnungstür gegenüber, sie schloss auf. Die Wohnung war exakt genauso geschnitten wie die der Familie Holmberg. Emma bot mir ein Glas Dünnbier an, ich trank gierig sofort ein Glas aus. Dann zeigte auch sie mir ihre, im Prinzip ja bekannte Wohnung. An der Durchreiche aus dem Wohnzimmer in die Küchen waren an der Fußleiste Lederriemen angebracht. Ich schluckte und verstand. Dann stellte sie mich ihrem Ehemann vor. Dann gings gleich hier ordentlich los.

Emma:

Mikael, du warst an meinem PC, das habe ich dir verboten, was hast du gemacht, hast du die Holmbergs, die Haraldsons oder sonst jemand aus dem Haus gecheckt? Antworte!

(Währenddessen hackte Emma auf dem PC herum, öffnete und schloss ein Fenster, dann nickte sie und holte aus dem Wohnzimmerschrank wortlos einen Rohrstock)

Mikael:

Nichts, ich habe nur gesurft, gut vielleicht bin ich zufällig auf deine Seiten gekommen, was ...

Emma:

Sei still, zieh deine Hosen aus und leg dich in die Strafposition. Ich habe dir schon seit langem eindeutig verboten mir nach zu spionieren! Du wirst dich heute noch wundern, ich bin in guter Stimmung, reize mich nicht noch mehr. Du bekommst jetzt gründlich deinen *Hintern* versohlt und zusätzlich eine Gute Nacht Überraschung.

Der mit Mikael Angesprochene tat wie von Emma verlangt. Ohne Hosen legte er sich über die Durchreiche und streckte und im Wohnzimmer den nackten, noch weißen Hintern entgegen. Emma Zog sich Gummihandschuhe an, nahm Salbe und beschmierte damit seinen Hintern die Oberschenkel und steckte den Mittelfinger in sein Po-Loch. Das brachte ein kleines Aufjaulen aus der Küche in das Wohnzimmer. Dann streifte Emma den Handschuh ab und begann mit kräftigen und schnellen Hieben den Hintern ihres Gatten zu versohlen. Der wackelte aufreizend damit hin und her, die Salbe war wohl nicht zur Beruhigung oder

Schmerzstillung gedacht. Mikael ächzte und jodelte vernehmbar, es war gut im Wohnzimmer zu hören trotzdem er ja in die Küche hineinjammern musste. Emma drosch gut fünf Minuten auf den Hintern ihres Ehemannes ein, der war knallrot. Dann steckte sie zum Schluss noch ein Zäpfchen in sein Po-Loch, was erneut eruptive Bewegungen bei Mikael hervorrief. Offensichtlich handelte es sich um ein feuriges altes schwedisches brennendes Hausmittel, neu gestylt. Dann wandte sich Emma mir zu.

Emma:

Komm mal her, ich zeig dir was, aber das hast du nicht gesehen, klar?

Red.:

Wenn es vertraulich ist Emma, dann schweige ich wie ein Grab, versprochen!

Sie nickte vielsagend in meine Richtung und klickte auf ihrem PC herum. Dann zeigte mir die gute Emma schlechte Filmaufnahmen vom Schlafzimmer der Familie Holmberg, der Name war eingeblendet. Ein vögelndes Paar. „Das war vorgestern", sagte Emma zu mir. Ein leeres Schlafzimmer. „Das war heute als wir beide drüben waren." Nächste Bilder: Wieder ein sich wie wild liebendes Paar, deutlich zu sehen, Beatrice kniet auf dem

Bett und lässt sich von Frederik im Animal-Style von hinten kräftig durch *vögeln.*

Emma:

„Das ist jetzt original, hahaha, dachte ich es mir doch! Natürlich will der Macker die roten Striemen auf dem *Popo* von Beatrice sehen, darum nimmt es sie von hinten, das ist verboten! Das merke ich mir, gut er wird sie heute Nacht nochmals *ficka (*6)* die Silko-Tabletten reizen ihn dazu, da kann sie nichts machen. Aber sie wird es sich merken bis in einigen Tagen, wenn der Bengel mal wieder versohlt nach Hause kommt. Ich bin mir sicher, die lässt ihn dann nicht mehr ran. So erziehen wir läufige Flittchen zu guten feministischen Bürgerinnen Schwedens, verstanden Herr Redakteur?

Red.:

Klar doch, du überwachst sie und vielleicht noch andere Bewohner. Denn wenn sie im Schlafzimmer etwas anders machen als vorgeschrieben schnappt deine Falle zu. Kontrollierst du so alle Leute in diesem Haus oder nur die auffälligen? Wird die ganze Wohnung oder nur die Schlafzimmer überwacht?

Emma:

Nur die Schlafzimmer im gesamten Haus, diese haben wir Kameras mit den Rauchmeldern eingebaut, sogar in meinem Schlafzimmer ist aus Gleichbehandlungsgründen auch eine installiert. Naja es ist ja auch nicht so geheim, das mit dem Schlafzimmer-Beobachten. Es wird nicht offiziell bekanntgegeben, doch die meisten Leute vermuten was und nehmen sich zusammen. Aber eben nicht alle, eine kleine Unsicherheit bleib immer! Und im Bett spielen sich für uns „Uninformierte" aber Wissende ja die größten Sünden und absurdesten Spielchen ab. Da habe ich also immer den Überblick. Wenn ich zum Beispiel was mit dir machen will, dann geh ich eben ins Wohnzimmer, verstehst du? Wobei wir schon beim Thema sind. Check dein Smartphone, du hast eine Nachricht von mir bekommen!

Red.:

Ich schaute auf meine WhatsApp und da stand unter der Nummer von Beatrice: „Emma stimmt geschütztem GV mit Robert heute zu!" – Bestätigen Ja / Nein. Ich drückte auf Ja – erledigt.

Zu Emma sagte ich nur:

Du willst mit mir Sex haben, sehr schön, das freut mich außerordentlich! Dass ich heute schon mit Beatrice gevögelt habe stört dich nicht?

Emma:

Warum soll mich dein Bumsen mit der Schlampe stören? Nein, keineswegs! Zieh' dich aus, ich will, dass du mich heute Abend noch gut durch*bumst*, verstanden? Ich bin jetzt scharf. Aber Vorsicht, das kannst du natürlich nur mit einem Kondom machen, hier ist eines. Ich habe drüben vor dem Durchbumsen von Beatrice ja gesehen, dass du das Pariser-Überziehen beherrschst, das ist leider nicht bei jedem Mann selbstverständlich. Aber pass bitte auf, dass du es nicht zerreißt! Dir sind die möglichen Folgen hoffentlich klar, ja?

Mein Schwanz war hart. Ich schwenkte in Gedanken jedoch kurz zu dem WikiLeaks-Gründer Julian Assange, dem ja zerrissene Kondome beim Vögeln von zwei Schwedinnen in diesem schönen Land fast zum Verhängnis geworden wäre. Mir fiel das Stealthing-Gesetz ein, das seit nun wohl drei Jahren in Schweden in Kraft war. Ich merkte, wie mein bestes Stück an Stehkraft langsam verlor. Ich riss mich echt zusammen und dachte an Emmas feuchte und für mich fickbereite Muschi. Das war nicht so einfach. Doch weg mit den blöden politischen und strafrechtlichen Gedanken, ich wollte mich jetzt auf das *Ficken* von Emmas *Fotze* und meinen *Schwanz* konzentrieren!

Emma:

Über was denkst du nach? Mein versohlter *Gatte* kann dir total egal sein! Mikael soll direkt mitbekommen, dass wir beide jetzt zusammen *vögeln*, das tut ihm gut! Er wird es hören aber nicht sehen. Du kannst doch sicher schon wieder, seit dem letzten Mal mit der Schlampe da drüben ist doch genügend Zeit verstrichen? Komm her und leg dich kurz über, ich gebe dir noch das versprochene Zäpfchen zusätzlich! Da steht er dir gleich noch viel besser!

Ich stülpte mir heute nun schon zum zweiten Mal vorsichtig aber geschickt ein Kondom über meinen halbsteifen Schwanz. Emma zog ihren Rock hoch und ich beugte mich über ihre nackten Oberschenkel. Sie klatschte mir mit der flachen Hand fünfmal auf jede Pobacke, dann zog sie diese weit auseinander und führte geschwind und zielsicher ein Zäpfchen in mein *Arsch*loch ein. Es wurde schnell angenehm und wohlig warm. Danach stand Emma auf, zog sich den Rock aus, hängte ihn auf einen Kleiderbügel und zog auch ihren lila Brasil-Slip aus. Dann legte sie sich, ohne eine Antwort abzuwarten auf das Ledersofa im Wohnzimmer und spreizte die Beine weit. Sie hatte sicher einen guten Blick auf den nackten wackelnden Hintern von Mikael. Aufreizend zog sie ihre fleischigen und breiten Schamlippen auseinander und massierte ihren, wie eine kleine Knospe aussehenden, sich nun aufrichtenden Kitzler. Emma präsentierte mir ihr schönes kräftiges, fast rundes Loch zum Reinstoßen. Die äußeren Labien waren groß und wie ein Blatt geformt, innen schön offen. Die kleineren inneren Schamlippen waren deutlich in ihrer runden, fast lila schimmernd süßen Pussy zu sehen. „Richtig zum kräftigen Durchziehen, eine echt scharfe Hausfrauen-Lustgrotte", dachte ich mir. Und das war durchaus anerkennend gemeint, denn ich sah Emmas Muschi ihre intensive und sachkundige Pflege und Nutzung wohlwollend an.

Red.:

Klar steht er mir wieder, zum einen der tolle Anblick von dir, du bist ja wirklich eine klasse schwedische Frau, sehr erotisch mit einfach weiblicher Ausstrahlung! Deine feuchte Muschi reizt mich sehr, natürlich will ich dich jetzt gerne vögeln. Ich bin froh, dass ich in Malmö so eine überzeugende und gutaussehende Dame wie dich getroffen habe. Ich *Ficke* dich sehr gerne, das ist mir eine große Ehre, natürlich bemühe ich mich, damit du einen intensiven Orgasmus bekommst.

Unauffällig massierte ich leicht meinen Schwanz, langsam bekam er wieder mehr Power. Ich benutzte absichtlich das Wort „*knulla*" für „Ficken", denn ich wollte die Wirkung auf meine feministische Emma testen. Die hatte offenbar nichts dagegen! Ganz im Gegenteil, denn sie hatte zuvor sogar das wesentlich derbere Wort „*ficka*" gebraucht. Nun kniete ich mich vor sie auf den Teppich, ihre fleischige Fotze war in Reichweite. Die leckte ich nun intensiv mit der Zunge und massierte sie mit den Fingern, bis sie die Lippen und der Kitzler feucht wurden. Das dauerte eine Zeit, aber ich schaffte es. Dann schob ich ihr ganz locker aber kräftig und schnell meinen harten Riemen in die offene Fotze. Oh Gott, wie sie aufstöhnte, das war echt gut. Nach zwei, drei Minuten Stechen in ihre offene und feuchte Wunde sprudelte ihr Brunnen, sogar der Wohnzimmerteppich bekam einen kleinen Spritzer Mösensaft ab. Es fühlte sich für meinen Schwanz so an, als würde ihre Pussy reden oder schmatzen. Nun schrie heute auch die zweite Frau beim Bumsen laut: *"Jag kommer, Juuuuu, god(*7) goooood!* Dann spritzte ich mit einem: „Guuuut! Boooooaaah" satt in ihrer feuchten Grotte ab.

Vorsichtig zog ich nach erledigter Arbeit meinen Schwanz samt unbeschädigtem Pariser aus ihrer Muschi. Geschafft! Nichts Dummes passiert! Ihre Fotze war im Nachhinein betrachtet etwas ausgeweiteter als die meiner Sabrina, trotzdem hat alles prima geklappt. Ich war sehr glücklich. Hinterher reinigten wir beide uns kurz, dann setzte sich Emma zu mir an den Tisch. Sie umarmte mich, gab mir einen flüchtigen Kuss und dann tranken wir noch gemeinsam ein Dünnbier. Ihr Gatte blieb festgeschnallt zwischen der Durchreiche hängen, ich bekam sein sicher gerötetes Gesicht nicht mehr zu sehen. Emma ermahnte mich noch, in der Bahn und im Bus gut auf mich aufzupassen: „Da es abends in Malmös Straßen manchmal gefährlich werden kann, da tragen Jugendbanden Kämpfe aus, halt dich da raus, ja!" Sie war eben fürsorglich wie eine geile Mutti zu mir, wie schön!

Zum Abschied umarmte ich Emma und bedankte mich bei ihr für die tiefen Einblicke in das schwedische Sexualleben und Erwachsenen-Männer-Erziehungssystem. Um zwei Samenergüsse erleichtert und neue Erkenntnisse bereichert verließ ich das Mehrfamilienhaus. In einem nahe gelegenen arabisch-türkischen Laden ziehe ich mir noch schnell einen Döner rein. Dann fuhr ich mit dem unbemannten Stadt-Bus den langen Weg durch das dunkler werdende Malmö zurück zum Hauptbahnhof. Da summte mein Smartphone, auf dem WhatsApp-Eingang war bei Frau B. zu lesen: „tak för (*8) knulla + orgasm – Beatrice!" Die schwedische Frau ist gut erzogen, sie bedankt sich!" dachte ich erfreut. Beim Lesen bekam ich schon wieder eine leichte Erektion. Ich schaute aus dem Fenster. Der Bus fuhr durch hell beleuchtete Geschäftsstraßen, es waren wenig Autos, viel Radler und Fußgänger unterwegs. Mein Smartphone brummte erneut. Was war beim WhatsApp-Eingang zu lesen? Frau Emma schreibt mir das gleiche wie Beatrice! Wörtlich: „tak för knulla + orgasm – Emma!" Erfreut stellte ich fest: „Sich für Ficken und einen Orgasmus zu bedanken ist bei den Schwedinnen heute wohl üblich, alle Achtung! Das gleicht jedoch die vielen Einschränkungen der persönlichen Freiheit und die permanenten Überwachungen nicht ganz aus."

Der Bus brummte leise und fuhr fast geräuschlos durch die dunkler werdenden Straßen. Da hörte ich einen Knall: „Peng!" Glas splitterte, der Bus blieb einfach mitten auf der Straße stehen. Ich dachte an Emmas Worte und zog einfach den Kopf ein. Im mit etwa 20 Leuten halb gefüllten Bus entstand ein leichter Tumult, es riefen Leute: *„skit* (*9), Überfall" und „Vorsicht, duck dich!" doch es passierte nichts. Ein Fenster des Busses war offensichtlich von einem Stein oder einem Projektil getroffen worden, es schien jedoch niemand verletzt. Die attraktive, in einen dunkelblauen Mantel gekleidete Dame rief: „Bleiben sie ruhig, ich rufe die *poliskar* (*10), alles unter Kontrolle!" Ich blickte nun kurz auf und schaute vorsichtig aus dem Fenster. Draußen rannten ein paar Jugendliche davon. „Kopf runter!" schrie ein aufgeregter Mann neben mir. Alles blieb still. Nun öffneten und schlossen sich die Türen des fahrerlosen Busses, offensichtlich hatte sich eine Sicherheitsmechanik eingeschaltet. Ein halbes Dutzend der Businsassen verließen das stehende Vehikel, ich überlegte auch, ob ich aussteigen und zum Bahnhof laufen sollte. Da entwickelte sich im Bus eine Debatte: „Ha die *polis* (*10) die kommt doch nie, wenn sie gebraucht wird, die haben was anderes zu tun" rief ein jüngerer Mann. Die Frau im dunkelblauen Mantel: „Die *polis* ist gleich da, warte es ab Bruder." Ein fünfzigjähriger Herr im Anzug mischte sich ein: „Die *polis* ist doch nur hinter Männern her die Frauen unter die Röcke schauen, darum haben sie keine Zeit die wirklichen Verbrecher zu jagen, das ist doch unser wirkliches Problem, ist doch war!" Gelächter, Johlen und Klatschen der männlichen Fahrgäste war zu hören. „Das hat nichts miteinander zu tun, keine Beleidigungen unserer Staatsorgane! Wie heißt Du?" rief die dunkelblau gekleidete Dame. Sie zückte ihr Smartphon und machte Aufnahmen von den Fahrgästen und vom zerbrochenen Fenster. Erschreckt nahmen die beiden männlichen, noch eben großspurig redenden Fahrgäste, die Hände vor ihr Gesicht und nutzten die Phase der geöffneten Bus-Türe um im Laufschritt das stehende Gefährt zu verlassen. Ich schaute betont gelangweilt aus dem Fenster, hörte jedoch sehr interessiert zu. Natürlich mischte ich mich als Ausländer nicht in Innerschwedische Debatten ein.

Als ich ein paar Minuten später den Entschluss fasste zum Bahnhof zu laufen, es war weder Polizei noch ein Service der Busgesellschaft erschienen. Schloss der Bus die Türen, Eine automatische Ansage erklang: „Die Fahrtunterbrechung ist beendet, die Störung konnte behoben werden. Wir setzten die Fahrt fort". Der Bus setzte sich in Bewegung. Das Fenster im Bus war natürlich nach wie vor kaputt, der Bus fuhr jedoch. Zehn Minuten später war ich am Bahnhof und ging erleichtert und müde in mein Hotel. Ein sehr interessanter, ja fast abenteuerlicher Tag lag hinter mir.

Ich legte mich müde auf mein Bett und versuchte einzuschlafen. Ich hatte heute gleich zwei verschiedene Frauen gevögelt! Wahnsinn, nicht auszudenken. Sabrina wollte ich davon natürlich nichts erzählen, die ist ja nicht hier in Schweden, sondern auf Fortbildungs-Lehrgang, mit ihrer lesbischen Freundin Bettina, Haha! Also es läuft doch etwas mit den Schwedinnen her! Ich schickte meiner Gattin eine verlogene WhatsApp Du fehlst mir hier, ich bin sehr alleine!" Sie schrieb drei Minuten später zurück: „Ich nicht, Bettina ist bei mir!" Ich war erneut aufgewühlt. Wenn wir beide zuhause sind, dann bumsen wir immer zweimal die Woche. Direkt nach der Ehe hatten wir täglich zweimal gevögelt, später dann einmal täglich. So ändern sich eben die Zeiten, heute war ich zweimal dran, mit Beatrice und Emma, nicht mit Sabrina!

Ich trank noch eine Flasche Dünnbier, dann legte ich mich schlafen. Morgen früh wollte ich planmäßig in das für schwedische Verhältnisse nahe gelegene Ystad aufbrechen, es waren nur etwa 120 Kilometer bis dorthin. Immerhin hat Schweden eine gut funktionierenden Fernbahnnetz und einen prima ausgebauten öffentlichen Personennahverkehr. Wobei der private und intime Personennahverkehr, sprich Geschlechtsverkehr, wirklich nicht zu verachten ist. Es hatte in der Zwischenzeit aufgehört zu regnen.

(*1) samlag-Formular = GV / Geschlechtsverkehr-Formular vor Einführung der unten genannten...

(*2) samlag-App = GV-App

(*3) knulla = Ficken

(*4) jag kommer = ich komme

(*5) ju = Ja

(*6) ficka = Ficken, sehr derb

(*7) god = gut

(*8) tak för = Danke für

(*9) skit = Scheiße

(*10) polis / poliskar = Polizei / Polizeieinsatz

(*11) Unweibliches und antifeministisches Verhalten von Schwedinnen

Ystad

Ich fuhr mit der dem Schnellzug von Malmö nach der ebenfalls im Süden Schwedens am Meer gelegene Kleinstadt Ystad. Während ich auf die vorbeifliegende Landschaft blickte schickte ich Sabrina eine WhatsApp: „Hallo Liebling, wie geht es dir und Bettina?" die beantwortete diese mit nur zwei Herzen und zwei Sonnen. „Verstanden!" dachte ich und checkte nochmals meine Dateien für morgen durch. In Ystad angekommen mietete ich mich erneut in ein nahe am Bahnhof gelegenes Hotel der Scandlines-Kette ein. Es ging ein leichter Wind, manchmal ließ sich gar die Sonne blicken. Die Luft war frisch, ich konnte fast kein Auto erspähen, nur Radfahrer und Fußgänger. Ich sah hier einige Paare mit Kinderwagen, geschoben haben diesen in jedem Fall die Männer. Erstaunlich viele Fachwerkhäuser prägen das Bild der hübschen schwedischen Kleinstadt. Ich schlenderte an dem schmucken Änglahus und dem noch älteren Pilgrändshus vorbei und kam am Sortorget am bemerkenswerten Alten Rathaus an. Davor schoss ich ein Selvi mit dem historischen Gebäude als gut sichtbaren Hintergrund und schickte es an meine liebe Gattin, heute besser ohne Kommentar. Ich kannte die Stadt Ystad bisher allerdings nicht aus städtebaulichen Gründen, sondern als „Krimi-Stadt". Hier lies nämlich der weltbekannte und leider 2016 verstorbene Schriftsteller Henning Mankell seinen Hauptdarstellen Kommissar Wallander meist erfolgreich auf Verbrecherjagd gehen. Dessen Bekanntschaften und Eroberungen von Frauen waren eher trauriger Natur und brachten überwiegend frustrierende Ergebnisse für den beruflich erfolgreichen, aber privat bedauernswerten Kommissar. Im Hotel legte ich mich sofort ins Bett und schlief traumlos ein.

Ich hatte in Ystad mit der Familie Hanser-Eriksson einen Gesprächstermin in ihrem Haus vereinbart, es war schön am Stadtrand gelegen, ich fuhr mit dem fahrerlosen Bus fast vor die Haustüre. Kurzer Termin- und Fakten-Check im Bus mit meinem Smartphone. Ich schicke meiner Kontakt-Frau Jenny eine WhatsApp, dass ich unterwegs bin und ob er Termin wie vereinbart klappt. Dann schaue ich mir das im Dossier über meine neuen Gesprächspartner hier genauer an: Der Doppelname kommt offenbar aufgrund des hier wohnenden „Dreierbundes" zustande. Es sind hier als Gastgeberinnen die beiden Frauen Jenny Hanser und Lena Eriksson verzeichnet. Sie bezeichnen sich als ein „sich liebendes gleichgeschlechtliches Ehepaar", das mit Torkel Hanser zusammenlebt. Jenny ist 45 Jahre alt, etwas mollig, brünette kurze Haare und arbeitet als Fotografin in ihrem eigenen Fotostudio. Ihre Frau Lena ist 34 Jahre alt, langes blondes Haar, sehr schlank und ist die Co-Chefin und Mit-Teilhaberin in diesem Fotostudio.

Torkel ist 50 Jahre alt, arbeitet 15 Stunden die Woche als Verkäufer im Supermarkt und ist ansonsten „Hausmann" in dem Einfamilienhaus. Über ihn ist ein Gefängnisaufenthalt von 3 Jahren und acht Monaten vermerkt. Das schicke Häuschen der Familie Hanser-Eriksson ist in einer Wohnanlage mit acht gleich gebauten Häuschen mit Meerblick. Als ich direkt davor stehe piepst mein Smartphone, der Termin wir mit einem: „Na klar, war doch ausgemacht - Jenny" bestätigt. Ich bin gespannt.

Die freundliche Begrüßung erfolgte durch Jenny, die mir lächelnd die Hand drückte und mich aufforderte, in das Häuschen einzutreten. Es kam eine weitere Dame, die sich mit: „Ich bin die Lena, Jennys Frau" vorstellte. Lena trug einen karminroten Blazer mit einer dazu passenden gleichfarbigen 7/8 Hose, sehr elegant. Jenny hingegen war mit einem hellgrünen sehr kurzen Minirock und einem rosa T-Shirt bekleidet. Hinter ihr kam ein etwa 50-järige Mann, gutaussehend, Falten im Gesicht und graue Schläfen, wie auf dem Foto: „Torkel mein Name, ich bin der Mann von den beiden Frauen hier, soweit ich das so sagen kann und darf" Er wirkte etwas verunsichert, trug wirklich, ich traute meinen Augen kaum, eine lila Latzhose wie sie vor vielen Jahren in der deutschen Müsli-Szene üblich war. ich wollte die etwas peinliche Vorstellung nicht unnötig in die Länge ziehen. Wir setzten uns und ich begann das Interview. Im Gespräch wird sich schon das meiste klären, dachte ich und begann:

Red.:

Ihr wohnt zu dritt hier in dem Haus zusammen. Wie geht das, wenn ich dumm fragen darf, wer gehört zu wem? Schlaft ihr zu dritt, zu zweit, alleine?

Jenny:

Gut, so dumm ist die Frage nicht. Wir haben natürlich alle ein eigenes Zimmer, das Haus ist so geräumig, das muss sich keiner mit einem andern teilen, wir können das aber natürlich. In der Regel ist es so, dass Lena und ich die Nacht zusammen im großen gemeinsamen Ehe-Schlafzimmer verbringen, da ziehen wir quasi in unser gemeinsames Liebesnest um. Das ist wirklich herrlich und befreiend.

Lena:

Wir sind in der Woche meist fünf Nächte zu zweit zusammen und haben dort wirklich guten Mädels-Sex, wir lieben uns emotional und natürlich auch körperlich sehr. Mit Torkel ist das so eine Sache, mich spricht er körperlich weniger an, da ich schon sehr lange vorwiegend auf Frauen und kaum auf Männer stehe. Seit er wieder hier eingezogen ist, aber das soll er und Jenny erzählen....

Torkel:

Ich bin ja mit Jenny seit 17 Jahren verheiratet, das war also vor diesem *Zustimmungsgesetz* und der ganzen Nur-Ja-heißt-Ja-Aufregung, von den Männerzüchtigungsrechten ganz zu schweigen. Das war schon 2009! Aber auch schon vor 2018 war natürlich *Vergewaltigung* in der *Ehe* bereits ein Straftatbestand. Ich habe 2017 einen großen Fehler gemacht und mit Jenny geschlafen, trotzdem sie mir deutlich erklärt hatte nicht mit mir *vögeln* zu wollten. Das war also noch ein Jahr vor dem 2018 in Kraft getretene Nur-Ja-heißt-Ja-Gesetz. Ich habe zwar keine Gewalt, aber psychischen Druck auf sie ausgeübt. Das Ergebnis war, nachdem Jenny mich am Tag danach, bei der Kripo angezeigt hatte, erst Verhaftung und danach das Urteil fünf Jahre und 10 Monate Gefängnis. Davon habe ich nun zwei Drittel abgesessen, ich kam auf Bewährung mit einschränkenden Auflagen raus, da Jenny für mich gebürgt hat und mich verantwortlich zur „Nacherziehung" wieder in unser Haus aufgenommen hat. Ich bin ihr noch heute sehr, sehr dankbar dafür! Natürlich danke ich auch Lena die mit Jenny eine enge lesbische Beziehung hat, weil sie dem ganzen Arrangement zugestimmt hat.

Red.:

Verstehe ich das richtig: Jenny hat Torkel wegen *Vergewaltigung* angezeigt, er war dafür im Knast, kam dann auf Bewährung frei und zog ins eheliche Heim zurück wo zwischenzeitlich Lena eingezogen war. Und zwar nicht nur ins Haus, sondern auch ins gemeinsame Ehe-Bett?

Lena:

Unser Redakteur ist ja wirklich ein kluges Kerlchen, zugespitzt gesagt ist es genauso. Gut, ich habe akzeptiert, dass die beiden sich noch oder auch wieder mögen und dass Jenny etwa einmal in der Woche einen *Schwanz* zwischen den Beinen haben möchte und den hat eben nun mal ihr Ex- oder Neu-Gatte Torkel. Ich habe dieses Hetero-Bedürfnis wesentlich seltener, wenn doch, dann ist ein *Mann* namens Torkel ja hier im Haus und kann es befriedigen. Das kommt aber höchstens einmal im Monat vor, denn ich bevorzuge Jennys Zunge und ihre Finger vor seinem Steh-auf-Männchen!

Red.:

Ich stelle mir vor, dass es nicht leicht gewesen ist, für keinen von euch, nach Torkels Rückkehr ins Haus. Wie ist das mit dem Sex dann so gelaufen, hatte er denn auch Bewährungsauflagen?

Jenny:

Ja die hatte er, das war eher lustig für mich. Er wurde ja nach Verbüßung von zwei Dritteln seiner

Gefängnisstrafe im Februar 2021 aus der Haft entlassen. Er musste dann noch über ein Jahr lang den Keuschheitsgürtel tragen, die Bewährungshelferin hat das Prozedere kontrolliert. Ich hatte von ihr als seine *Ehefrau* allerdings einen Schlüssel erhalten, das war echt gut so. In dem Jahr als Torkel mit dem Plastikteil um sein Gemächt hier war, habe ich es zur Pflege und Reinigung jeden Samstag geöffnet. Zum *Pimpern* habe ich es wohl so ein- oder zweimal im Monat aufgesperrt, da war er aber dankbar und lieb, hohohhihihi, kaum zu glauben, was?

Red.:

Das finde ich ja echt bemerkenswert oder besser krass! Es war aber wohl besser so als weiter im Gefängnis zu sitzen und dort natürlich keinen Sex zu haben. Aber wie ging das damals und wie läuft das heute denn mit der Anfrage vor dem Vögeln, nutzt ihr die Zustimmungs-*samlag*(*1)-App? Um Erlaubnis vor den GV die wird dann Torkel jetzt wechselweise an euch beide fragen müssen, oder?

Jenny:

Naja, ich hatte mich von Torkel erst total entwöhnt und dann an Lena sehr gewöhnt, es war herrlich mit ihr. Da kam dann die Möglichkeit Torkel wieder aufzunehmen. Ich gebe zu, es war so heftig wie Lena sagte, ich war echt geil auf meines Gatten Torkels bestes Stück, ich wollte einfach wieder seinen *Schwanz* in mir spüren. Gut, ja, auch wenn er ihn mir einmal reingeschoben hatte, als ich es nicht wollte. Ich habe ihm verziehen und er hat seine gerechte Strafe bekommen, die bekommt er auch heute noch, hihihaha! Nun *gevögelt* habe ich einmal die Woche, manchmal zweimal und manchmal gar nicht mit ihm. Ich will nicht, dass er mich um Erlaubnis fragt, das habe ich ihm einfach verboten. Nach seiner Entlassung aus dem Knast wurde ja praktischer weise die Zustimmungs-*samlag*-App eingeführt. Über die bekommt er von mir den *GV*-Termin mitgeteilt. Das war mit Keuschheitsgürtel damals so und an sich hat sich da bis jetzt praktisch nichts geändert, nur, er trägt natürlich das Teil nicht mehr! Die Stellung wird für jeden GV exakt von mir vorgegeben, das hat er bisher ohne Ausnahme so akzeptiert. Vor jedem Date drücke ich ihm ein Kondom in die Hand und es kann losgehen. Das Überziehen beherrscht er ja zum Glück selbst ohne meine Nachhilfe, denn Übung macht den Meister! Hihihihi!

Torkel:

Ja das ist vollkommen okay. Dass ich bei Jenny und selbstverständlich auch bei Lena ein Kondom zum Vögeln benutzen muss akzeptiere ich da gerne. Natürlich habe ich früher mit Jenny ohne Pariser *gebumst,* aber heute ist es vollkommen klar, dass das nicht anders geht, es ist ja nur eine kleine Einschränkung für mich. Selbstverständlich nehme ich sehr gerne Rücksicht auf die Befindlichkeit von beiden Damen des Hauses.

Lena:

Für mich war Torkels Rückkehr sehr schwierig, doch Jenny half mir liebevoll drüber hinweg. Ich musste das Ehe-Bett ja nur für ein oder zwei Nächte pro Woche räumen, wobei etwas eifersüchtig war ich schon und bin es heute vielleicht noch. Zum Ausgleich für meine Kompromissbereitschaft darf ich Torkel züchtigen! Wenn ich es selbst aus irgendeinem Grund für nötig halte und auch im Auftrag von Jenny bekommt der unfolgsame Gatte dann von mir gründlich den Hintern versohlt. Dieses Züchtigungsrecht für die Ehefrau gegenüber dem sogenannten „Gatten" nehme ich sehr gerne und ausgiebig auch für mich in Anspruch. *GV*-Anträge darf er an mich über die *samlag*-App stellen so viel er will, für jeden Antrag den er mir schickt setzt es grundsätzlich ein Dutzend Rohrstockhiebe. Natürlich vögle ich nur mit Kondom mit Torkel, er muss gut aufpassen, dass es nicht reißt oder verrutscht. Und ich nehme höchstens einen Antrag zum *Pimpern* im Monat auf der *Zustimmungs-samlag*-App von ihm an, da muss er also gut überlegen, wann er mich haben will und wieviel

Hiebe ich ihm wert bin. Das Züchtigungsrecht über Torkel ist quasi eine Art von praktischer Entschädigung für die durch seine Anwesenheit verpassten Liebesnächte mit Jenny. Ich höre ihn gerne unter meinen Hieben heulen, und ja, ich gestehe es, ich versohle ihn gerne und oft!

Torkel:

Ja das kann man wohl sagen, es vergeht keine Woche seit ich hier bin, wo ich nicht mindestens einmal, eher öfter, von Lena verhauen worden bin. Jenny lehnt es ja ab mich selbst zu züchtigen, warum ist mir nicht so ganz klar. So ist also Lena nicht nur der lesbische Ersatz für mich im Ehebett von Jenny geworden, sondern auch ihre Zuchtmeisterin. Und ich muss sagen, einen guten Geschmack hat Jenny, ja, denn unsere Lena ist ja eine wirklich sexy verlockende, hübsche und sehr anseh...

Lena:

... Das reicht jetzt Torkel, du hast dir mit dem vermeintlichen Kompliment, aber letztendlich frauenfeindlichen und anzüglichen Spruch eben schon wieder Schläge verdient. Du bist und bleibst ein eingefleischter Macho-Typ, der Frauen immer noch nur nach ihrem Aussehen taxiert. Auch von Jenny steht seit heute Mittag noch eine deftige Abreibung für dich aus, da du in unserem Schlafzimmer nicht sauber geputzt hast. Schau mich mal an!

Torkel schaut Lena ins Gesicht und sie versetzt ihm Pitsch-Patsch-Pitsch-Patsch auf jede Backe zwei kräftige Ohrfeigen. Er hält sich die Wange und sagt:

Torkel:

Entschuldigung Lena, ich wollte dich nicht kränken! Das ist mir zwar rausgerutscht aber ich habe es trotzdem ernst und ehrlich gemeint.

Jenny:

Ich glaube ihr beiden geht jetzt ins Strafzimmer hoch, Torkel hat sich eine ordentliche Tracht Prügel mit dem Rohrstock schon längst verdient. Ich will das nicht sehen, aber er der Rohrstock ist eigentlich schon seit drei Tage fällig für dich. Liebe Jenny, bitte versohle ihm gründlich seinen nackten *Arsch* und gib ihm noch ein „Gute-Nacht-Zäpfchen" mit. In einer viertel Stunde seid ihr beiden wieder hier, ich unterhalte mich derweil weiter mit unserem Redakteur Robert!

Lena steht auf, packt Torkel am Ohr und zieht hin mit den Worten aus dem Wohnzimmer: „Dir wird ich's zeigen, sehr gerne versohle ich das Bürschchen, dass er nicht mehr sitze kann, verlass dich drauf!" Beide verlassen den Raum, draußen höre ich kurz von Torkel ein „Aua-aua" dann ist es ruhig. Komisch, ich weiß nicht warum, aber mir fiel in dem Augenblick Bettina ein und was sie vielleicht im Augenblick mit Sabrina anstellt? Ich schüttelte den Kopf und nahm richtete Gedanken wieder auf die Situation in der ich jetzt war. Konzentriert fragte ich:

Red.:

Jenny, wie fühlst du dich dabei, wenn du Prügel für deinen *Gatten* anordnest, deine Freundin oder Frau führt sie aus? Selber schaust du jedoch nicht zu, willst seine Bestrafung also nicht hautnah mitbekommen?

Jenny:

Genau, ich will sein lächerliches Gejammere und Geflenne einfach nicht hören, wenn er seinen frechen *Popo* von Lena voll bekommt. Es ist wichtig, dass er gründlich durchgeprügelt wird und Lena macht das hervorragend, da vertraue ich ihr ganz. Es ist für mich ein herrliches Machtgefühl, meinem Neu- und Ex-Mann gegenüber, einfach verfügen zu können, dass er auf der Stelle den *Hintern* voll bekommt. Ich selber brauche dies nicht zu machen, das erledigt Lena sorgfältig und gründlich. Sie schlägt ihn wirklich sehr gerne. Vielleicht will sie dann in drei oder vier Tagen mit ihm *vögeln*, weil sie sein Heulen und Betteln um Gnade so aufgegeilt hat, bitte warum auch nicht?

Red.:

Ist das eine späte Rache von dir für die Vergewaltigung von Torkel damals?

Nun ist von einem anderen Zimmer aus dem Häuschen ein auf- und abschwellender leise aber doch vernehmbar Heulton zu hören, so wie wenn eine Hupe nicht mehr gut funktioniert und Huuuiiiiaaahhhuuiiooo macht, uns ist klar, da singt Torkel unter Lenas offensichtlich sehr schmerzhaften Stockhieben!

Jenny:

Na, Rache würde ich es nicht nennen, eher Genugtuung und andauernde Gerechtigkeit. Es ist so, du wirst es gleich erleben, dass Lena frisch und vergnügt von einer Züchtigung zurückkommt und Torkel ist meist sehr geknickt, reumütig, sensibel und gar nicht mehr so männlich-rüpelhaft. So wie wir selbstbewussten Schwedinnen einen echten *man* eben haben wollen. Er soll uns gehorchen, unsere Wünsche erfüllen und von uns bestraft und gezüchtigt werden, wenn er das nicht schafft, verstehst du?

Red.:

Ja natürlich habe ich das kapiert (Ich nahm mich sehr zusammen, denn heute wollte ich nicht von Jenny mit Lena ins Strafzimmer geschickt erden, ich war auf der Hut) aber ich habe noch eine ganz andere kulturelle Frage an dich: Was macht ihr denn am Frauentag, dem 8. März, der ist doch in Schweden seit drei Jahren so eine Art Feiertag?

Jenny:

Oh der Frauentag, ja eine lustige Frage. Lena und ich sind sehr froh, dass wir Frauen an dem Tag nicht arbeiten müssen und die Männer schon. Weniger wegen der feministischen Ideologie, mehr weil wir da einfach viel Zeit füreinander haben. Heuer blieben wir bis Mittag im Bett liegen, während Torkel ins Büro zum Arbeiten gehen musste. Nachmittags waren wir dann auf einer Kundgebung vom Frauenverband und abends auf einer Frauenfete mit Lesben und Hetero-Frauen, ohne Männer, versteht sich!

Red.:

Alles klar, kann ich gut verstehen, dass ihr beiden euch über einen zusätzlichen freien Tag freut. Der Gatte kann auch nicht stören, wie schön für die Schwedin! Aber, wenn es gestattet ist, noch eine ganz andere persönliche Frage von mir: Gehst du denn heute mit Lena oder mit Torkel ins Bett oder willst du lieber alleine schlafen?

Jenny:

Sei nicht so förmlich, es ist gestattet. Ganz klar geh ich mit Lena in die Heia, die hat es sich sicher verdient und ist scharf auf meine Zunge an ihrer *Muschi*, ich werde sie zum *Orgasmus* schliddern, das ist sicher. Torkel wird am Tag einer Züchtigung nie mit mir oder mit Lena *Liebe machen* dürfen, da würden wir ja die Strafe in eine Belohnung umwandeln, das kommt gar nicht in die Tüte.

Red.:

Ich dachte ja nur wegen dem Trösten des Bestraften und ....

(Es öffnete sich die Türe und eine freudenstrahlende Lena und ein rotgesichtiger verheulter Torkel kamen herein. Torkel weinte noch immer, hielt sich mit der linken Hand vorsichtig die Pobacke und wischte mit der rechten die kullernden Tränen aus dem Gesicht. Er musste kräftig etwas auf den Hintern bekommen haben, denn er glich einem Häufchen Elend)

Jenny:

Oh da hat unser Torkel aber eine kräftige Abreibung bekommen was, da hat unsere gemeinsame *Ehefrau* Lena gründlich den Popo vom Faulpelz und Sprücheklopfer Torkel versohlt, ja das ist sehr gut, tut er denn noch weh? Na sag schon Torkel, wir wollen etwas zum Lachen haben!

Torkel (stotternd):

Oh ja, mein *Hintern* brennt wie Feuer, Lena hat, sie hat oh brennt das. Zum Schluss habe ich noch ein Ingwer-Zäpfchen in mein *Po*-Loch bekommen, das juckt und beißt, es ist kaum auszuhalten. Ohhhh Auauauau. Tut mir mein *Arsch* vielleicht weh. Sei froh Robert, dass du von Lena nicht verhauen wirst, das zieht echt gemein!

Nun fängt er wieder zu schluchzen und zu heulen an. Das ist bei schwedischen Männern seit einigen Jahren offensichtlich sehr „in" geworden, es soll ja richtige „Männer-Wein-Kurse gegeben haben. Torkel ist für mich ein Beleg hierfür. Er reibt sich verstohlen den in der Latzhose sitzenden Hintern und wischt sich noch die über sein Gesicht rollenden Tränen weg.

Lena:

Ja ich habe ihn gründlich versohlt wie es sich gehört, die Portion merkt er sich mit Sicherheit. Bis zum nächsten Mal halt, *Männer* sind dumm, stinken und sind schwanzgesteuert, das wissen wir Frauen doch. Komm Jenny wir gehen jetzt ins Bettchen ich habe nach Torkels Züchtigung richtig Lust auf dich!

Jenny:

Ja klar, beenden wir den Abend. Die Heulsirene Torkel verschwindet mitsamt seinem roten *bak* sofort in sein Zimmer, der Redakteur Robert verabschiedet sich jetzt schnell und wir beide machen es uns im Schlafzimmer gemütlich, ich bin auch schon ganz scharf auf dich, meine Süßes Weibchen.

Torkel dreht sich wortlos um, die Tränen laufen ihm noch immer über das Gesicht und er verschwindet wortlos aus dem Zimmer. Die beiden Mädels umarmen sich und ich bedanke mich kurz höflich für die Einladung und die guten Gespräche. Dann entferne auch ich mich schnell aus dem männerfeindlichen Lesben-Herrinnen-Haushalt. Ja das ist ein schönes Wort, das mir aus der Seele spricht, ich darf das, denn ich bin in Sicherheit! Auffallend war heute, dass keine der beiden bisexuellen Damen und auch nicht Torkel, die Worte „knulla" (*2) oder „ficka" (*3) für *Ficken* gebraucht hatten. Vielleicht sind diese umgangssprachlichen schwedischen Wörter besonders bei Lesben megaout?

Um mich auf andere Gedanken zu bringen besuche ich noch das Filmmuseum, und das Wallander-Filmstudio in einer ehemaligen Kaserne am

Stadtrand von Ystad. Es erinnerte mich etwas an die Bavaria-Filmstudios in München, jedenfalls konnte ich die Gedanken an die exzentrischen Lesben leider nicht verdrängen. Natürlich dachte ich an meine Sabrina, wie sie vielleicht gerade in diesem Augenblick die Muschi von Bettina ausleckt, oder Bettina leckt ihre Muschi? Warum nicht, von mir aus gerne!" dachte ich trotzig. Verwirrt blickte ich mich nach einem Verkehrsmittel um. Der gleiche selbstfahrender Bus der mich dort hingefahren hatte, brachte mich auch wieder zurück in die Innenstadt. Dort aß ich natürlich wieder guten Fisch zum Abendessen, bezog mein Hotelzimmer und schickte Sabrina eine WhatsApp: „Habe heute zwei Lesben und einen Ehemann interviewt!" Prompt kam die Antwort: „Süß, Bussi!" Dem Text war ein Selvi von den leicht geröteten und lächelnden Gesichtern von Sabrina und Bettina angehängt. „Was soll das jetzt, was machen die nur?" dachte ich. Meine Phantasie ging mit mir durch, ich stellte mir leicht eifersüchtig aber doch erregt vor, wie Sabrina die Pussy von Bettina leckt. Jetzt legte ich mich auf das Bett und spielte mit meinem Pimmel, ich rieb ihn hart und versuchte mir nun Jenny und Lena beim gegenseitigen Muschi-Lecken vorzustellen. Es gelang, ich spritzte in meine Hand. Zufrieden und erleichtert schlief ich ein. Am nächsten Morgen fuhr ich nach Karlskrona weiter.

(*1) samlag-App = GV / Geschlechtsverkehr-App

(*2) Knulla = Ficken

(*3) ficka = sehr derber Ausdruck für Ficken, wie Durchficken

Karlskrona

Ich fuhr mit dem Zug von Ystad in die schöne alte
Königs-Stadt Karlskronen (schwedisch
Karlskrona). Wie in den anderen schwedischen
Städten auch mietete ich mich im nahe dem Bahnhof gelegenen Scandlines-Hotel ein. Es waren
heute nur 350 km Zugstrecke zu bewältigen, die
der Schnellzug in nur zweieinhalb Stunden
schaffte. Sabrina schickte mir heute eine
WhatsApp „Süßen Abend gehabt, warst du auch
brav?" Was dachte die sich nur? „Klar, immer!"
schrieb ich zurück. Ich war sehr trotz der ver-
gleichsweisen kurzen Fahrzeit müde bei der Ankunft. Das Wetter war durchwachsen, leicht bewölkt, manchmal schaute die Sonne durch. Ich
schlenderte am Hafen entlang und aß in einem
kleinen Fischrestaurant zu Abend. Ich wollte in
Karlskronen das Ehepaar Eva und Björn Hövelarn
besuchen. Auf der gestrigen Fahrt hierher sah ich
dutzende kleine Schäreninseln, die der historischen Seehafenstadt vorgelagert sind. Da noch etwas Zeit bis zur Verabredung war besuchte ich das
sehenswerte Marinemuseum das eines der schöns-
ten seiner Art weltweit sein soll. Sehr beeindru-
ckend die vielen Schiffe, aber auch der Eintritts-
preis: Er war für mich kostenlos, da es schon September war. Als ich draußen war schickte ich

meiner hiesigen Kontaktfrau Eva eine Termin-Bestätigung per WhatsApp.

Das Ehepaar Hövelarn lebte in einem bürgerlichen Wohnviertel nahe der Innenstadt von Karskronen. Auch hier waren auf den Straßen nur Radfahrer und praktisch keine Autos zu sehen. Ein Blick in das Dossier auf meinem Smartphone sagte folgendes aus: Eva ist 35 Jahre alt, hat lange rot-blonde Haare und arbeitet als Sprachlehrerin. Sie ist mit Björn seit zehn Jahren verheiratet (also vier Jahre vor Inkrafttreten des Nur-Ja-Heißt-Ja-Gesetzes). Er ist zwei Jahre jünger als sie, arbeitet Teilzeit 20 Stunden pro Woche als Verlagskaufmann. Beide führen „seit mindestens fünf Jahren eine glückliche Ehe, die auf dem Respekt von Björn vor Eva als der Ehefrau, Lehrerin und Gattin beruht", so die mich sehr nachdenklich machende Selbsteinschätzung der beiden. Als ich mit dem Lesen fertig war leuchtete die Terminbestätigung auf. „Klar, passt wie vereinbart!"

Ich klingle im 1. Stock des sehr gepflegt wirkenden Mietshauses und eine Frau öffnet mir, auf die Evas Beschreibung passt. Sie trägt ein freizügiges oranges Spaghetti-Top, dazu einen dezenten schokobraunen halblangen Rock der mittig einen Schlitz hat und auf mehr hoffen lässt. Die Dame des Hauses schüttelt mir freundlich die Hand, geleitet mich ins geräumige Wohnzimmer und bietet mir ein Glas hellgrün schimmernder Limonade an. Sie führt mich in die Küche, auf den geräumigen Balkon und zeigt mir sogar, keck augenzwinkernd ihr Schlafzimmer. Es beinhaltet ein großes Ehebett, ein kleines weiteres Bett daneben, einen Ledersessel und ein gegenüber dem Ehebett an der Wand befestigtes Andreaskreuz! Ich schaute Eva etwas verwundert an, daraufhin sagte sie keck und offen lächelnd zu mir: „So praktisch sind wir hier eingerichtet, da ist für jede Situation vorgesorgt"!

Ich merke, dass Eva langsam leicht nervös wurde, denn sie blickte auf die Uhr. Es war kurz nach 17.00 Uhr wie vereinbart. Ich schaute interessiert aus dem Fenster und sah von dort auf den historischen Marktplatz von Karlskronen. Der Stortorget-Platz wird vom herrlichen Rathaus umrahmt, die Statue von König Karl dem IX und die Dreifaltigkeitskirche und der mächtigen Kuppel faszinierten mich. Der Blick auf die geschichtsträchtigen Bauwerke wurde jedoch schnell von der hübschen und natürlich sehr blonden Eva von diesen ab- und wieder auf die Gastgeberin gelenkt. Ich bemerkte, offensichtlich waren wir beide wohl allein: „Björn hat sich leider verspätet, er muss in der Firma nacharbeiten, denn er hat sich mittags vertrödelt," sagte sie erklärend zu mir. „Oh wie dumm, schade, aber wir können mit dem Gespräch ja auch zu zweit anfangen," höre ich mich in Gedanken verloren etwas abwesend sagen. Die Frau macht mich irgendwie geil, ich muss mich schon sehr beherrschen. Sie fühlt die leichte erotische Spannung und sagt nur: „Warte ab, das wird heute ein gutes Dreier-Erlebnis, Björn muss jede Minute hier sein!" Wir setzen uns ins Wohnzimmer, ich trinke die angebotene kühle Zitronen-Limonade. Eva meint fast energisch-anzüglich zu mir: „Allerdings wird Björn von mir erstmal eine kräftige Abreibung bekommen bevor wir uns unterhalten. Er hat heute im Verlag zweimal Schläge bekommen, die muss er dann als unbezahlte Zeit nacharbeiten, sonst wäre er schon längst da".

Ich höre einen Schlüssel in der Tür und ein leicht abgehetzter Björn steht in der Türe. Er trug eine beige Windjacke, darunter ein rot-grün kariertes Hemd und eine schwarze Jeans. Verdutzt schaut er uns beide an und sagt: „Hallo Schatz, entschuldige, das ist heute dumm gelaufen. Ich weiß, was es gleich geben wird und … ach du großer Mist, jetzt ist der Redakteur mit dem Interview auch noch da, hallo!" Eva ging auf ihn zu und sagte nur: „Das ist ja eine tolle Begrüßung, schau mich mal an!" Björn schaute ihr fest in die Augen und Eva gab ihm auf jede Backe „Pitsch Patsch Pitsch Patsch" zwei kräftige Ohrfeigen. „Auch eine Art von liebevoller Begrüßung" dachte ich, blieb aber ruhig sitzen und schaute mir still das eheliche Erziehungsritual an. Björn rieb sich beide Backen und sagt leise: "Tschuldigung Eva, tut mir leid, aber zum Schluss kam noch die Kollegin Maike rein, du weißt ja wie die immer auftritt, dann hat sie mich noch wegen Auf-den-Busen-Schauen sofort versohlt, hahaha sowas blödes und ich habe wirklich gar nichts gemacht".

Eva holte wortlos aus einer Bodenvase einen kräftigen Rohrstock, zeigte auf die Lehne des Ledersessels und sagte zu Björn nur: „Überlegen, kein Wort mehr!" Der Gatte gehorchte augenblicklich. Eva griff mit der linken Hand fest am Hosenbund seiner eng sitzenden schwarzen Jeans, zog den nach oben und klopfte mit dem Rohrstock dreimal spielerisch von unten zwischen seine Beine. Sofort gingen diese weiter auseinander. Dann legte sie den Rohrstock ab und griff ihm hart mit der rechten Hand von hinten an den Arsch und in den Schritt, die Jeans war festgespannt. Björn jammerte leicht, er hatte wohl etwas Angst um seine Eier, was ich verstehen konnte. Dann griff sich Eva erneut den Rohrstock und wichste ihren Gatten kräftig durch, Oh Mann, hatte die Frau einen Zug! Der Stock klatschte satt auf Björns Hose auf, sie schlug „Huiitt-Huitt-huiitt" in schneller Folge Hieb auf Hieb auf seinen knackigen gut durch den Jeans-Stoff sichtbaren Männerpopo. Björn zappelte etwas herum blieb vorläufig aber ruhig. Nach einer guten Minute Rohrstockwichse begann er leise zu jammern, dann ein „OOhhooh-Auauau" zu wimmern. Nun wurden Evas Hiebe langsamer, dafür hatte sie währenddessen die Ansage: „Zu spät in die Arbeit kommen, Kolleginnen auf den *Busen* glotzen, Nacharbeiten müssen und das Gespräch mit unserem Gast vergessen! Du hast sie wohl nicht mehr alle. Du bekommst heute noch Gelegenheit zum Jammern und mit *Vögeln* wird es in den nächsten Tagen nichts zwischen uns, verstehen wir uns da richtig, Björn?" Er rieb sich mit einer resignierten Grimasse den nun sicher rot gestreiften Popo und nickte.

Eva:

„Gut dann beginnen wir jetzt endlich mit dem Interview. Lieber Redakteur aus Deutschland, hallo Robert! Eine kleine Einführung in unsere schwedischen *Ehe*- und Beziehungsverhältnisse hast du ja bereits erhalten, sicher gibt es Fragen dazu? Ich und Björn sind gerne bereit sie zu beantworten, wenn sie mit dem nötigen Respekt gestellt werden!" (Eva gab mir nach dieser Ansage einen kleinen Schubser in die Seite.)

Red.:

Danke, liebe Eva und lieber Björn für die Möglichkeit mit euch über die schwedischen Gesetze und deren Auswirkungen zu sprechen, die mit Sexualität, Gehorsam und Züchtigung der Männer zu tun haben. Da ist in den letzten sechs Jahren in Schweden einiges anders verlaufen als in der EU und in Deutschland, ich konnte je bereits einen kleinen Einblick gewinnen. Zu den Betriebsstrafen kommen wir sicher später noch. Gut, erstes Thema aber ist für mich das 2018 in Schweden in Kraft getretene Zustimmungsgesetz, wir nennen es auch gerne „Nur-Ja-heißt-Ja-Gesetz". Hatte das Auswirkungen auf eure *Ehe*, auf den Sex den ihr miteinander habt. Ihr wart damals ja schon zwei Jahre verheiratet?

Eva:

Ja, das *Zustimmungsgesetz* brachte in unsere *Ehe* auch Änderungen, aber wohl nicht sooo viel wie vielleicht in anderen Beziehungen. Wir liebten uns damals schon und lieben uns immer noch sehr! Wir haben oft zusammen guten Sex und immer einen sehr einvernehmlichen *GV*, das will ich betonen. Doch schon bei unserer Heirat war klar, dass ich hier in der Wohnung die Hosen anhabe, wie man so schön sagt, nicht wahr, Björn? Sag etwas dazu!

Björn:

Wir hatten vor und nach diesem Gesetz immer guten und für uns beide befriedigenden Sex, so vielleicht vier- oder fünfmal die Woche. Schon direkt nach der Heirat bestimmte aber meist Eva, wann und in welcher Stellung wir miteinander schlafen. Ich habe einfach versucht gut zu *lieben*, damit sie und ich was davon haben, meistens gelingt das auch. Damals im Jahr 2018 benutzte ich noch die neu aufgekommenen Zustimmungsbögen aus Papier und ich bewahre die ausgefüllten und von Eva abgezeichneten *samlag-Formulare* (*1) aus

Sicherheitsgründen heute noch auf. Danach habe ich einige Monate lang die Anfragen zum *Bumsen* dann per E-Mail an Eva gestellt, das ging etwas leichter. Die habe ich natürlich in einer eigenen GV-Datei abgespeichert. Später haben wir uns dann einfach über WhatsApp über ihr „Ja" zum Vögeln verständigt, den App-Verlauf habe ich natürlich gesichert und auf meinen PC übertragen und dort abgespeichert. So oder so war das Abspeichern elektronisch unproblematischer als mit Papier. Danach haben wir auf die Mitte 2021 hier neu eingeführte Zustimmungs- *samlag-App* (*2) ich sage natürlich manchmal auch nur „*ficka*-App" (*3) umgestellt. Das haben wir bewusst so gemacht, denn nach der Verhaftung von dem ersten Typen, der nach dem *Zustimmungsgesetz* zu zwei Jahren Knast verurteilt wurde, war verschärfte Aufmerksamkeit angesagt. Den *ficka*-App-Verkehr mit Eva lasse ich seit 4 Jahren gespeichert auf meinem Smartphone, sicher ist sicher.

Eva:

Also nur *samlag*-App zu sagen ist korrekt, *knulla*-App (*4) geht noch ganz knapp, aber das andere F-Wort lasse ich ihm normaler weise nicht durchgehen, ich will heute jedoch nicht päpstlicher wie die Päpstin sein. Ja er bemüht sich beim, eben so genannten *Ficken* sehr, ich liebe ja meinen Mann Björn. Er beherrscht es wirklich, mich mit seinen Fingern, der Zunge und dem steifen Jonny zum

Höhepunkt zu bringen. Er hat in den feministischen Männer-Workshops und natürlich auch von mir persönlich sehr viel gelernt. Trotzdem haben wir seit etwa fünf Jahren höchstens zwei oder dreimal die Woche einen *Geschlechtsverkehr,* es gibt eben auch andere Prioritäten in Schweden!

Red.:

Und die wären? Da bin ich jetzt gespannt!

Björn:

Na das Züchtigungsrecht im Betrieb und das der Gattin über den Ehemann.

Red.:

Ich habe eben gehört, dass du wegen Busen-glotzen heute im Betrieb gezüchtigt worden bist. Wenn das stimmt dann..."

Björn:

Naja, es ist was Wahres dran. Ja, okay, kurz geschaut habe ich auf ihre wackelnden Riesentitten schon, ja..."

Eva:

Also Björn, benimm dich, sonst setzt es sofort nochmals was, kapiert?"

Björn:

Oh entschuldige Eva, sorry. Ich wollte nur sagen, dass ich nicht geglotzt oder gar mit meinem Smartphone fotografiert habe. Also habe ich keine wirkliche Straftat begangen, nur eine Kleinigkeit, ein Blick! Du hast fast nichts gemacht, doch wenn du als Mann sexueller Taten von einer Frau beschuldigt wirst, dann hast du keine Chance. Du wirst kritisiert, bestraft, gezüchtigt, und Basta!

Red.:

Nur gut, dass du nur geschaut und nicht auch fotografiert hast, dafür könntest du auch bei uns in Deutschland Geldstrafen bekommen oder gar in den Knast wandern. Prügel gibt es allerdings im Betrieb bei uns dafür nicht, manche Männer werden vielleicht zuhause von der Gattin gezüchtigt, erzählen das aber sicher niemanden!

Björn:

In Schweden ist die Züchtigung durch die Gattin völlig normal, sicher ist eine Tracht Prügel zuhause jedoch immer, wenn es in der Firma Schläge gesetzt hat. Das hast du ja eben miterlebt. Die Züchtigungen durch Eva tun sehr weh, hauen auch ganz schön rein und ziehen natürlich konsequenter Weise die *GV*-Zahlen nach unten.

Red.:

Das verstehe ich jetzt nicht ganz? Warum ....

Eva:

Na ganz einfach, wenn er versohlt wird, egal ob im Betrieb von seiner Chefin oder zuhause von mir, dann gibt es an diesem Tag der Züchtigung keinen Sex mit mir, manchmal bei schlimmen Vergehen auch noch ein oder zwei Tage zusätzlich keinen GV. Das nennt man bei uns Erziehung des Mannes durch Lustverzicht, verstehst du das?

Red.:

Das ist aber doch eine sehr harte Strafe. Schläge und Sex-Verzicht, wo er hinterher doch eher Trost bräuchte. Ist das denn irgendwie gesetzlich in Schweden vorgeschrieben oder machst du das als Eheherrin quasi so im Alleingang der Ehe-Erziehung?

Eva:

Es gibt kein Gesetz das Sex-Verzicht nach der Züchtigung des Mannes vorschreibt, aber es existieren einschlägige Handreichungen von einflussreichen und klugen Frauen die genau das empfehlen. Ich meine auch, dass „das nicht Ranlassen" nach einer Züchtigung liegt doch ganz einfach auf der Hand. Wenn er aufgrund von Fehlern im Betrieb den *Hintern* voll bekommt, dann belohne ich ihn doch zuhause nicht noch mit einem *GV* für seine Faulheit. Da muss nachdrücklich gestraft werden, dass er sich die Verfehlung merkt. Selbstverständlich wird es im Betrieb auch gerne gesehen, wenn die Männer in der Arbeit Schläge bekamen, dass sie dann zuhause nochmals ordentlich von ihrer *Ehefrau* mit dem Rohrstock bestraft werden und für mindestens einen Tag, besser zwei, die Gattin nicht *bumsen* dürfen....

Björn:

Ja das ist manchmal ganz schön hart. Ich verstehe die Regelung aber gut. Die Damen im Betrieb haben sie mit den *Gattinnen* der dort angestellten Männer abgesprochen, erst unter der Hand, dann ganz offiziell als auch Veröffentlichungen des Gleichstellungsministeriums zu dem Thema „Sexentzug als erfolgreiche Männerbestrafung" auftauchten. Ich würde zwar wirklich sehr gerne auch mit rot gestreiftem Hintern Eva *vögeln*, aber wenn sie mich nicht lässt dann akzeptiere ich das natürlich voll.

Red.:

Aha, Es gibt also doch eine Art von mündlicher Vereinbarung, schriftliche Aufforderungen und wohl auch Kontakt zwischen der weiblichen Vorgesetzten in deiner Firma? Eva und den anderen Frauen haben sich sozusagen vernetzt um die

Bestrafung ihres *Ehemannes* durch einen Hinternvoll noch nachhaltiger zu gestalten!

Eva:

Natürlich sind wir Frauen untereinander solida-
risch. Das nennt man Frauensolidarität, das Wort
gibt es ja wohl nicht nur in Schweden, sondern
auch in Deutschland! Internationaler Frauentag
am 8. März sage ich nur, da gibt es in Schweden
landesweit keinen Sex mit den Männern, das ist
eine wichtige politische Frage! Diese Regelung zum
Frauentag sollte verbindlich weltweit eingeführt
werden. Wir Frauen haben in der Frauen-Liga eben
auch vereinbart, dass es nach einer körperlichen
Züchtigung von einem Mann keinen Sex für ihn an
dem Tag gibt. Basta, das machen wir so, klar?

Björn:

Nun rege dich bitte nicht auf, ich verstehe das ja
und stehe voll hinter dir. Bei Frau Maydan, meiner
Chefin, wärst du bestimmt unten durch, wenn sie
erfahren würde, dass du mit mir am gleichen Tag
ficken würdest, an dem sie mir wegen *Busen*-Glot-
zen oder „Unter-den-Rock-Schauen", wenn sie die
Treppe hoch geht den *Hintern* gründlich versohlt
hat. Nein das kannst du nicht machen, ganz klar.

Red.:

Du sprichst von den „Hintern gründlich versohlt"
hat. Kannst du mir da ein konkretes Beispiel nennen? Hat es da kürzlich oder schon früher einen
Vorfall gegeben? Das würde mich sehr interessie-
ren.

Björn:

Ja klar. Es war wohl vor etwa drei Jahren, bei einer
kleinen Betriebsfeier zum Geburtstag der Chefin.
Da habe ich als Retro-Diskjockey fungiert. Damit
wollt ich meiner Chefin eine Freude machen, denn
sie war in den 80er Jahren in Bayern als Au-Pair-
Mädchen unterwegs. Ich legte richtige alte Schall-
platten aus dieser wilden Zeit auf, auch die Lieder
der bayerischen Band „Spider Murphy Gang". Da
gibt es den bekannten Song „Skandal im Sperrbezirk", ein witziges, etwas frivoles und rockiges Lied
aus dem München von vor gut 40 Jahren. Leider
kannten einige der Festbesucherinnen den deutschen Text und seine Hintergründe sehr genau, die
Hälfe von uns spricht auch besser mehr oder weniger deutsch. Die Texte wie: „und wenn dich deine
Frau nicht liebt, wie gut, dass es die Rosi gibt!"
oder „Draußen vor der großen Stadt, stehen die
Nutten sich die Füße platt" kamen leider nicht gut
bei ihnen an, da dort ja das Callgirl Rosi als Heldin
hochgelobt wurde.

Eva:

Und du musst bedenken, dass seit dem Gesetz über unweibliches Verhalten seit zwei Jahren dieses Callgirl heute in Schweden ihren hübschen Hintern versohlt bekommen würde, wenn sie beim Vögeln gegen Geld erwischt wird. Es gäbe heute in 2026 mindestens 75, vielleicht auch 100 Stockhiebe für diese elende Nutte!

Björn:

So gesehen hast du natürlich Recht Eva, ja sicher, doch daran dachte ich damals nicht, da gab es auch dieses Gesetz mit antifeministischem Verhalten von Frauen noch nicht. Es ist ja auch nur ein Lied, ein alter Song! Wie dem auch sei, strafverschärfend wurde mir auch vorgeworfen, dass das Lied die Bemühungen der damaligen Münchener Stadtspitze karikierte, die Prostitution in der dortigen Innenstadt einzudämmen. Eine Initiative, welche alle schwedischen Regierungen seit über fünfundzwanzig Jahren ja für sehr lobenswert finden. Unser Prostitutionsgesetz, besser bekannt als Sexkauf-Verbots-Gesetz von 1999 ist ja weltweit bekannt.

Red.:

Das schwedische Antiprostitutionsgesetz ist mir bekannt, das Münchner Neue-Deutsche-Welle-Lied kenne ich natürlich auch. Ich habe früher sehr oft darauf zusammen mit Mädels getanzt. Das Lied gilt in Deutschland als NDW-Song mit ironischem bayerischem Kick, dass so etwas in Schweden nicht gespielt werden darf ist mir neu.

Björn:

Ja das habe ich auch erst verstehen müssen und auch verstanden. Denn ich wurde noch auf der Betriebsfete wegen „Werbung für Prostitution" und „Verharmlosung von verbotenem Sex-Kauf" mit dem Rohrstock auf den nackten *Popo* bestraft. Das habe ich damals wirklich nicht erwartet oder befürchtet! Ich war echt geschockt und habe an dem Punkt schmerzhaft aber ehrlich dazugelernt. Die Hiebe zogen gemein, ich habe sogar etwas geheult und die umstehenden Partygäste, überwiegend Kolleginnen, lachten sich einen Ast. Heute würde ich so etwas selbstverständlich nicht mehr machen, da es die schwedische *Frau* in ihrer Ehre verletzt und offensichtlich die Gefahren des Sexkaufes in aller Welt durch Männer verharmlost.

Red.:

„Der ist ganz schön weichgespült worden" dachte ich mir und fragte: „Na gut, ich verstehe. Aber wieviel Hiebe hast du da denn nun bekommen? Gibt es für bestimmte Vergehen eine bestimmte Anzahl von Schlägen, quasi so eine Art Busgeld-Katalog in Stock-Schlägen?"

Björn:

Nein, das gibt es nicht. In Schweden ist nur festgelegt, die Chefin und auch meine *Gattin* Eva können mir nach Gutdünken den Hintern versohlen. Das kann bedeuten, ich bekomme dreißig Hiebe und es kann genauso bedeuten, dass ich achtzig mit dem Rohrstock auf den *Popo* gezählt bekomme. Für den „Skandal im Sperrbezirk" waren genau sechsundfünfzig Rohrstockhiebe die verdiente Strafe für mich. Der Song ist zwar offiziell nicht verboten, wenn sich Frauen durch Texte jedoch beleidigt fühlen, können sie zu wirksamen Erziehungsmethoden wie eine Rohrstockzüchtigung greifen.

Red.:

Warum denn genau Sechsundfünfzig?

Björn:

Das war die Telefonnummer des Callgirls Rosi. Im Schlager gibt's doch den Reim:

„Unter zweiunddreißig – sechzehn – acht, herrscht Konjunktur die ganze Nacht!"

Also zählte meine Chefin die drei Zahlen zusammen und kam auf sechsundfünfzig, die schlug sie mir dann unter dem Beifall der Anwesenden auf den nackten *Arsch*. Da fühlte ich mich dann nicht mehr so sehr wie ein Held, sondern eher wie ein Frauenknecht.

Red.:

Das kann ich gut verstehen, die Damen sind aber zumindest im Errechnen von der Anzahl der Hiebe witzig und kreativ, das muss man neidlos feststellen. Der zur Züchtigung von einer Dame verurteilte Mann kann also irgendeine Zahl von Schlägen, ohne Begrenzung bekommen, verstehe ich das richtig?

Eva:

Nein, so ist es auch wieder nicht bei uns. Die Züchtigende *Frau* hält sich in der Regel an das medizinisch erträgliche Mas und an ihren gesunden Menschenverstand. Das genügt als Grenze, wir foltern nicht, sondern wir bestrafen Vergehen und erziehen zum Besseren!"

Björn:

Ja genau so ist es. Die Zahl der Hiebe liegt gut in der Verantwortung der Erzieherin. Da wird sinnvoll bestraft und keine Prügelorgie veranstaltet. Alle zu bestrafenden Männer hoffen natürlich, dass die Züchtigung endlich zu Ende ist, aber allein die *Frau* entscheidet, wann es genug für heute ist. Und wenn ich im Betrieb Schläge bekommen habe, dann entscheidet allein Eva ob und wieviel ich nochmals zuhause erhalte. Die Damen im Betrieb erwarten dann, dass Eva an dem Tag eben nicht mit mir *vögelt,* das machen die mit ihren Männern auch genauso.

Red.:

Gut, ich verstehe das mit dem Frauenrecht, soviel Schläge zu erteilen wie es der züchtigenden Dame nötig erscheint. Das geschilderte Frauen-Netzwerk ja gut, trotzdem ist es doch so, dass Sex euch beiden Spaß macht und nicht nur Björn. Du bestrafst dich selbst also mit, wenn du ihn nicht nur versohlst, sondern dich ihm deswegen auch noch zusätzlich sexuell verweigerst.

Eva:

Nicht unbedingt, das kommt ganz drauf an. Es gibt ja befriedigenden Sex für die *Frau* auch mit den Fingern und einem guten Vibrator. Dann gibt es weiterhin gute, sehr gute Freundinnen und es gibt auch andere Männer als den eigenen, die zur sexuellen Nutzung geeignet sind. Björn ist als mein *Ehemann* verpflichtet mir treu und zu Diensten zu sein, das ist klar. Ich jedoch bin eine verheiratete aber freie schwedische *Frau* und kann mir natürlich guten Sex anderweitig abholen, wenn mein lieber *Gatte* aus selbstverschuldeten Gründen ein oder mehrere Tage keinen Sex haben darf. Dies kann auch Teil einer Bestrafung sein.

Ich schaute der mir gegenübersitzenden Eva gedankenverloren auf den Rock mit dem Schlitz und freute mich irgendwie, denn sie öffnete und schloss ihre Oberschenkel manchmal und dabei kam für mich deutlich sichtbar ihr sehr kleiner rosa Slip für Sekunden zum Vorschein. Natürlich dachte ich schon wieder ans *Ficken*. Und mir fiel ein: das kenne ich doch irgendwoher, mich hat meine Sabrina vor drei Jahren doch auch für Fremdgehen mit dem Rohrstock und mit Sexentzug bestraft. Ich sagte das natürlich nicht, sondern schnell mit etwas belegter Stimme:

Okay, das habe ich alles verstanden. Kann das mit dem Sexentzug denn Björn auch akzeptieren? Machst du das öfter?

Björn (schnell zu mir):

Ja natürlich akzeptiere ich das total, wenn ich Hiebe bekommen habe und sie an dem Tag dann mit einer Freundin oder einem Ersatzmann im Bett ist. Warum sollte sie nur wegen meiner Fehler auf ihren Spaß verzichten? Da muss man als schwedischer Mann heutzutage einfach durch, das ist seit vier Jahren so bei uns Praxis.

Eva:

Das bringt mich auf eine Idee für den heutigen Abend, ich denke ihr wisst was ich meine ... unser Schlafzimmer habe ich dem Herrn Redakteur Robert ja vorausschauend schon gezeigt als du noch nicht da warst. Aber jetzt essen wir erst mal.

„Das war eine sehr vielversprechende Ankündigung, vielleicht kann ich die gute Frau heute noch wirklich durchbumsen?" dachte ich mir und mein Schwanz wurde jetzt schon steif. Und das war mir gar nicht peinlich!

Björn hatte vormittags eine Fischmahlzeit vorbereitet, er holte sie aus dem Kühlschrank und deckte den Tisch. Eva holte etwas aus dem Schlafzimmer, kam in die Küche und überreichte mir zwei Kondome und eine blaue Pille. Ich staunte nicht schlecht. Dann schickte sie mir eine Info, mein Smartphone brummte leise. Ich checkte die WhatsApp und las leicht erregt: „Ich willige zu einem oder zwei geschützten *GVs* mit Robert heute Abend ein." Es leuchtete ein „Antwort-Button" auf mit der Möglichkeit „Ja" oder „Nein", ich bestätigte mit „Ja".

Eva: (zu mir)

Da du die Zustimmungs-*samlag*-App als Nicht-Schwede sicher nicht auf deinem Smartphone hast, musste ich das so über die WhatsApp schicken, ist nicht so sicher, aber ich denke das ist okay für dich? Gut, du hast bestätigt, prima! Ich hoffe, du hast keine Herzbeschwerden, die Pille nimmst du jetzt, dann bist du und dein *Schwanz* in einer halben Stunde topfit, da kannst du mindestens zweimal, glaub mir! Die Dinger werden in Schweden ja seit letztem Jahr sinnvoller Weise nur noch an uns Frauen ausgegeben, Björn bekommt dann eine halbe, wenn ich es für angebracht halte, sonst nicht. … Hier klickst du auf „JA", das habe ich hier schon, du kannst es dann bei dir abgespeichert auf dem Smartphon lassen.

Ohne viel zu überlegen schluckte ich die blaue Pille. Nun waren alle Unklarheiten beseitigt. Wir aßen in Gedanken versunken, jeder bekam zum Fisch nicht nur Limonade, sondern ein halbes Glas fruchtigen Weißwein. Dann wurde abgeräumt. Wir gingen zu dritt ins Schlafzimmer. Eva und Björn zogen sich wie selbstverständlich sofort vollständig nackt aus, so tat ich es auch. Eva stellte Björn mit dem Gesicht zu Wand und fesselte seine Arme und Beine mit kleinen Lederriemen an das vorher bereits von mir erstaunt bewunderte Andreaskreuz. So schaute nur sein roter *Arsch* auf das Ehebett.

Ich stand bereits mit erhobener Lanze im Zimmer und setzte mich auf das Bett, Eva musterte mich lächelnd.

Eva: (zu mir):

So kann er uns nicht sehen aber gut hören, wir sind also ungestört. Reib deinen *Schwanz* mit der Salbe ein, ziehe bitte vorsichtig und vollständig das Kondom über deinen Schwanz und da steht das Gleitgel.

Eva (zu Björn)

Du bekommst jetzt deinen nackten *Popo* voll und bleibst hier völlig ruhig stehen bis ich dich losbinde, klar? Björn nickte nur.

Dann trat Eva hinter ihn und schlug mit einem handlichen kleinen Teppichklopfer aus Rohr kräftig auf seinen Hintern ein. Nach einer Minute begann er zu jammern, nach knapp fünf Minuten heulte Jens, er hatte sicher Hundert Hiebe einstecken müssen. Nun kramte Eva einige Plastik-Klammern aus dem Schrank und setzte je 5 davon auf Björns tiefrote Arschbacken. Der jaulte kurz auf, dann wackelte er mit seinem *Arsch*, blieb aber fast ruhig und knurrte nur etwas.

Nach getaner Arbeit kam Eva zu mir ins Bett und prüfte den Sitz des Parisers, sie war zufrieden. Wir küssten uns dann fummelten wir drei Minuten lang. Sie nahm trotz Kondom kurz meinen Schwanz in den Mund, rieb ihn etwas mit der Hand und sagte zu mir: „Jetzt *ficke* mich vorsichtig, erst nach mir Abspritzen, wenn das geht!" Dann drapierte sie ein kleines Kissen auf die Mitte des Bettes, legte sich mit gespreizten Beinen drauf und sagte zu mir nur: „Los geht's mein Junge, erst *Muschi lecken,* dann reinstecken!" Ich schaute fasziniert auf ihre echt verführerisch aussehende Pussy. Sie war oval wie ein Ei und die kräftigen äußeren Schamlippen umrahmten die deutlich sichtbaren kleineren inneren Labien. Es schimmerte rosa und sehr feucht aus ihrer mir dargebotenen fleischigen Grotte.

Mit steifem *Schwanz* leckte ich ihre erst völlig glatt rasierte haarlose Muschi, sie roch nach frisch gemähter Wiese und schmeckte nach Apfel. Als ihre Spalte feucht und immer feuchter wurde hörte ich mit Lecken auf, fragte mit sie eindeutigem Blick. Sie sagte lächelnd und gespielt feierlich: „Die Erlaubnis zum *Geschlechtsverkehr* mit Eva ist Robert hiermit offiziell erteilt, los geht's mein starker Missionar!" Ich steckte ihn ihr vorsichtig Zentimeter für Zentimeter rein und erst als er tief drinnen war, rammelte ich richtig los. Mit dem rechten Zeigefinger bekam ich ihren Kitzler zu fassen und massierte ihn, ich bumste die saftige *Muschi* genüsslich und kräftig weiter. Ich hörte auf ihren Atem. Plötzlich wurde er schneller und schneller, ich stieß fest und rhythmisch zu, die Matratze quietschte im Takt mit. „Das hört sich für Björn sicher gut an", dachte ich und fickte sie weiter kräftig durch. Da wurde ihre Grotte feuchter und größer, sie kam mit einem: „OOOOHHHooo! bra! (*5) braaaaaahhhh!" Ich rammelte weiter und hatte mein Ziel fast erreicht. Ich dachte nochmals an den gefesselten Björn mit brennendem Hintern, der akustisch sicher voll mitbekam, wie ich gerade seine Frau fickte und sie unter mir vor Lust stöhnte. Das gab mir den Kick, ich kam auch: „AAAAhhhhhJJaaaahhh Guuuuut!" schrie ich. Dann war der Einstand geschafft. Eva freute sich wie eine Prinzessin:

Eva:

Der Kandidat hat Hundert Punkte, du bist ein guter *Liebhaber,* ich bin wirklich positiv überrascht. Darum wiederholen wir den *Fick* heute Abend nochmal, dusch dich jetzt und steck dir das Zäpfchen in deinen knackigen *Popo.*

Sie gab mir ein in Folie eingeschweißtes Wachszäpfchen mit für mich unleserlicher, wohl schwedischer oder finnischer Aufschrift. Dann stand sie auf, band Björn los, gab ihm einen Klatscher mit der Hand auf den Popo und einen dicken Kuss auf den Mund. Ich ging ins Bad zog mir den Pariser vorsichtig vom Schwanz und erledigte Evas Aufträge. Zwanzig Minuten später saßen wir zu dritt am Wohnzimmertisch.

Eva:

Das war ein wirklich sehr befriedigender *Fick mit dir* Robert, du hast deine Arbeit gut gemacht. Wir gehen in einer halben Stunde nochmal ins Schlafzimmer, Lust und Strafe Teil zwei. Auch damit dürfte euch zwei Männern klar sein, dass erziehender Sexentzug für den straffällig gewordenen *Ehemann* nicht zwangsläufig Lustverzicht für die *Gattin* nach sich zieht! Ist das verständlich für euch und nachhaltig in euren Gehirnen angekommen? Du hast das *Ficken* mit Robert doch sicher gut gehört, Björn?

Björn:

Ich habe euch sehr gut *Ficken* gehört und nie bestritten, dass du Lust haben sollst, wenn ich auf Sex-Entzug bin. Ich gönne dir und natürlich auch dem Redakteur den offensichtlichen *Orgasmus* und Spaß. Sicher bin ich ja dann wieder morgen dran, hoffe ich.

Red.:

Ich dachte bei mir: Nun sagen ja beide ohne Nachzudenken zum Ficken „*knulla*"? Hier gilt wohl das alte Hausmanns-Prinzip: Gut gefickt ist gut gefickt und die aufgesetzte Anstandssprache ist dahin!

Ich sagte aber nur:

Dann ist das *Vögeln* von Eva mit mir also Teil der Strafe von Björn? Dass Männerbestrafen so viel Spaß machen kann überrascht mich nun doch wirklich. Mir hat es jedenfalls großen Spaß gemacht. Natürlich wurde nicht ich, sondern Björn bestraft.

Eva:

Klar gehört zum Verzicht für den Mann das Erlebnis dazu, beim *GV* mit der lieben *Ehefrau auch* ersetzt werden zu können, vielleicht sogar von einem noch besseren *Liebhaber*. Die schwedische *Frau* von heute gönnt ihrem *Gatten* diese wichtige, persönlichkeitsbildende Erkenntnis.

Red.:

Was mich noch interessiert: Muss sich Björn übrigens auch einen Pariser überziehen, wenn er dich vögelt oder darf er deine süße Pussy in direkter Natur und ohne Mantel genießen?

Eva:

Mit meinem Mann ficke ich ohne Pariser, wo kämen wir denn da hin? Das ist doch klar! Du bist Gast, das ist etwas anderes, hast du damit ein Problem?

Red.:

Nein, überhaupt nicht, das ist doch klar. Ich finde es gut, dass du ohne Pariser mit ihm vögelst und dass ich einen überziehe, alles gut. Was hast du mir denn da übrigens zur Aufmunterung meines besten Stückes gegeben?

Eva:

Na und du hast von mir eine ganze „Sivil -100" erhalten, die macht deinen *Schwanz* mindestens sechs Stunden hart, wenn du geil bist. Die Salbe stärkt ihn zusätzlich und das Zäpfchen, ja das Zäpfchen...hihi... verrate ich nicht, du merkst es doch schon oder?

Red.:

Allerdings spüre ich was, es wird mir angenehm warm im Po und die Wärme dehnt sich über das Becken aus, Oho, mir steht er gleich schon wieder, wie dumm!

Eva: (Steht auf!)

Sven und Robert, ab ins Schlafzimmer und ausziehen, marsch!

Natürlich gehorchten wir sofort. Ich war richtig wild und geil, trotzdem der letzte GV erst eine knappe Stunde vorbei war. Nun band Eva ihren Sven erneut an das Andreaskreuz, diesmal allerdings mit dem Gesicht zum Bett. Sie zwickte ihm in jede Brustwarze eine Klammer. Dann zog sie sich Latexhandschuhe an, packte sie seinen *Schwanz* und rieb ihn mit einer Salbe ein. Es war sicher nicht die gleiche Salbe mit der ich mich eingerieben habe, denn Björn schrie vor Schmerz auf und jammerte dabei sehr.

Eva kümmerte sich nun um mich und sagte:

Stülpe dir jetzt bitte das Kondom wieder vorsichtig über, denn du darfst mich nochmals *vögeln,* Robert. Wir machen es fast in der gleichen Stellung wie vorhin, nur will ich die Beine weiter nach hinten nehmen, damit mein Björn gute Sicht auf das Geschehen in unserem Ehebett hat. Pass gut auf Björn und denke nicht dauernd an deinen *Schwanz!*

Sie nahm für diesen zweiten Fick nun ein großes Kissen und legte es sich unter ihr Becken, dann spreizte sie die Beine sehr weit und nahm sie weit nach hinten. So lag ihre weit geöffnete feuchte rosig schimmernde Pussy fast einen halben Meter über dem Leintuch. Sie zog ihre rundlichen Schamlippen noch etwas auseinander, so schaute mich ihr frivol und gleichzeitig artig dargebotenes Fötzchen sehr einladend an und fragte mich: „Stößt du jetzt endlich in mich rein?" Ich war sehr geil, beherrsche mich jedoch etwas und bohrte erst mit drei Fingern das Löchlein noch etwas vor. Dann rieb ich Gleitgel in ihre Grotte und sofort rammte ich meinen Schwanz viermal kurz, dann viermal lang in sie hinein. Sie stöhnte auf und rieb sich sehr selbständig während meines Rein-Raus-Spiels den Kitzler. Nun quietschte die Matratze etwas unter unseren rhythmischen Übungen, die Stellung kostete Kraft, aber ich lag noch gut im Rennen. Da spürte ich nach einer knappen Minute erneut wie Evas Muschi feuchter und weiter wurde, sie schrie ihren Orgasmus mit einem *„jag kommer! (*6) ju (*7) juuuuu braaaaaaa!"* laut hinaus. Kurz drauf spritzte ich in ihrer Pussy ab. Ja, ihre Fotze hatte ungefähr die gleiche Größe und Festigkeit wie die meiner lieben Gattin. Sie fühlte sich herrlich an. Ein gutes Gefühl. Ich hatte keine Schuldgefühle, sondern war glücklich und erledigt. Jetzt band Eva ihren Björn los. Der rannte sofort ins Bad und wusch sich.

Ich bedankte mich mit Umarmung und Kuss von Eva, dann schüttelte ich dem nackten Björn die Hand und verließ sehr glücklich und prima informiert diese Wohnung. Ich sparzierte gut gelaunt die alten militärischen Hafenanlagen entlang, die offensichtlich unter Denkmalschutz standen. Ein herrlicher Anblick, die Wolken waren verschwunden, es war sonnig und warm. Die Luft war ohne Abgase und sehr frisch. In meinem Sack machte sich ein Sattheitsgefühl breit, der Schwanz juckte etwas und brauchte Erholung von der Anstrengung. Der kurze Fußweg durch die Altstadt war ein Augenschmaus. Auch hier fielen mir ein gutes Dutzende Paare mit Kinderwagen auf, jeweils schob der Mann den Wagen, die Dame telefonierte derweil in den meisten Fällen. Da summte mein Smartphone. „Das wird doch nicht die Eva sein?" dachte ich mir. Doch sie war es. Ich bekam fast die gleiche SMS wie gestern: (*8) „tak för älska + orgasm, eva!" war zu lesen.

Ich freute mich sehr über die gute Erziehung der schwedischen Frau. Dann kaufte ich mir ein Fischbrötchen und nahm dies mit auf mein Hotelzimmer. Ich schrieb Sabrina wieder eine Lügen WhatsApp: „Heute langweilige und anstrengende Gespräche, du fehlst mir!" Eine Antwort von ihr blieb aus. Egal, ich schlief dort sehr bald ein. Ich war satt im Magen und leer im Sack.

Am nächsten Morgen fuhr mit dem Zug zurück nach Stockholm, wieder vorbei an den kleinen Schäreninseln im Meer welche die Bahnlinie säumten, die ja Karlskronen so malerisch vorgelagert sind. Das war nun mein letzter „Ausflug" in die schwedische Provinz, morgen war der vorletzte Tag in der Hauptstadt angesagt. Bisher hatte ich nicht nur geredet, sondern auch gevögelt, ob mir das dort auch gelingen würde?

(*1) samlag-Formular = GV-Zustimmungs-Formblatt

(*2) samlag-App = GV-App

(*3) ficka-App = sehr derber Ausdruck für Ficken,

(*4) knulla = Ficken

(*5) bra = gut

(*6) jag kommer = Ich komme

(*7) ju = Ja

(*8) tack för = Danke für

Stockholm 2

Ich fuhr am vorletzten Tag meines Schweden-Aufenthaltes vormittags mit der Tunnelbana (T-Bahn)
in den Stadtteil Östermalm, er liegt etwas dezentral
und nicht direkt am Meer. Das Wetter war herrlich
sonnig und warm, der Himmel strahlend blau. Als
ich die Innenstadt verlassen hatte, begann fast
schlagartig der PKW-Verkehr, das nervte mich
schon fast. Es gibt in diesem eher eintönigen Ge-
schäftsviertel viele Bürohäusern, größeren Läden,
das Stadion und öffentlichen Verwaltungen. Ich
hatte einen Kontakt zu Frau Birgitta Mahlström erhalten, sie war die Leiterin der Einrichtung „Män-
nerbesserung". Vor einer halben Stunde hatte ich
auf WhatsApp ihr „Okay" zum Treffen mit mir jetzt
erhalten. Es klappe also alle Verabredungen!
Diese wurde organisatorisch und finanziell vom
Sozialministerium betrieben und von der *Astrid-
Lindgren-Stiftung* (*1) gefördert. Ich kam zum Emp-
fangsraum in einem drei-stöckigen Stahl-Glas-Ge-
bäude im Erdgeschoss und checkte nochmals die
Daten auf meinem Smartphone: Alles klar, Birgitta
ist der Name meiner Kontaktfrau hier. Nach kurzem Warten wurde ich an der Pforte von einer großen attraktiven Dame mit kurzgeschnittener blonden Bubi-Frisur empfangen. Sie trug eine eng sitzende schwarze Nappa-Lederhose, dazu eine pas-
sende   weinrote   Bluse   mit   herzförmigem

Ausschnitt. Sie begrüßte mich mit freundlicher aber bestimmter Stimme: „Guten Tag Herr Redakteur, schön Robert, dich hier in Stockholm zu treffen!" Erfreut gab ich ihr die Hand und erwiderte dankbar und betont unterwürfig den Gruß: „Hi Birgitta, danke für den freundlichen Empfang, ich bin sehr froh über die Gunst, von dir zur Besichtigung eurer Einrichtung eingeladen worden zu werden."

Nach diesen Begrüßungsfloskeln wurde ich in ihr Büro geführt. Da sich alle Schweden Duzen, nannte sie mich Robert und ich sie Birgitta, bis auf Ausnahmen. Sie erklärte mir den Zweck der Einrichtung. Kurzum werden hier Männer, die wegen sexuell motivierter Delikte ihre Gefängnisstrafe abgesessen haben oder eine Art von „Bewährung" oder „Besserungszeit" von wem auch immer verordnet bekommen haben betreut: „Sie wurden meist wegen *Vergewaltigung,* unachtsamer *Vergewaltigung* oder anderen einschlägigen Straftaten wie sexueller Nötigung oder Verstößen gegen das Upskirting-Gesetz bestraft. Einige von ihnen haben das „Nein" der Frau vor dem *samlag* ignoriert, andere wiederum das „Ja" der Sexpartnerin entweder nicht abgewartet oder erhalten. Das *Zustimmungsgesetz* von 2018 war für die Verfolgung dieser Straftäter natürlich eine wichtige Hilfe. Manche der bestraften Männer wohnen hier, einige arbeiten bei uns und manche verbringen „freiwillig" aber verordnet, hier einen Teil ihrer Freizeit." So sprach

Birgitta kühl zu mir. Ich nickte kurz, dann schüttelte ich für sie sichtbar reflexartig den Kopf. Das brachte Birgitta doch auf: „Die GV-Zustimmungsreglung wurde ja in der EU zuerst in Schweden eingeführt, dann folgte 2020 unser Nachbarland Dänemark. In Finnland wird es seit zwei Jahren intensiv diskutiert. Warte es ab, mein Redakteur, dann habt ihr ein ähnliches Gesetz bei dir zuhause auch bald! Es ist wirklich gut für Männer und Frauen, da bin ich mir sehr sicher.!"

„Meinte sie das ernst?" fragte ich mich, sagte dann aber betont lässig zu ihr: „Abwarten und Tee trinken." Ich war gespannt auf die Führung in diesem Haus, die Birgitta sehr ernst schauend jetzt mit den Worten einleitete: „Du kannst hier sehen, dass wir keine brutalen oder gar sadistischen Feministinnen sind, die Freude am Männerquälen haben, sondern einen Erziehungsauftrag im Namen unseres fürsorglichen und sozialen Wohlfahrtsstaates haben und diesen mit humanistischen Grundsätzen einfühlsam aber wirkungsvoll wahrnehmen und umsetzen." Ich war vorläufig bedient über diese bürokratische, fast schon lustige Parolen-Sprache, so dass ich einfach nickte.

Birgitta nahm mich kurz an der Hand und begann mich durch das Gebäude zu führen. Es ging einen Stock hoch in dem Bau aus Stahl und Glas. Ich hörte die Schritte ihrer Stiefeletten auf dem Boden widerhallen. Sie ging die Treppe drei Schritte vor

mich hoch, vorsichtig wagte ich einen Blick auf
ihre sich in der schwarzen Lederhose herrlich be-
wegenden Arschbäckchen. Doch weg mit diesen
ablenkenden Gedanken! Wir kamen nun in einen
Raum mit einem großen runden Tisch, an dem saßen ein Dutzend Männer. In der Mitte des Tisches
war eine Statue, die wohl eine Figur aus den Ast-
rid-Lindgren-Kinderbüchern darstellen soll, Pippi-
Langstrumpf oder so, genau erinnere ich mich
nicht mehr daran. Die Wände waren mit Meer-Ma-
lereien bestückt. Da kam der echte Schock über
mich: Was machten die Männer alle? Sie strickten!
Ja, alle Männer hatten Strickzeug in den Händen
und ließen fleißig die Stricknadeln flitzen. Der
jüngste Kerl war wohl 25 Jahre alt, der älteste
dürfte 65 Frühlinge erlebt haben. Die meisten hatten kurze blonde Haare, ein paar eine Halbglatze.
Zwei trugen en einen brünetten Pferdeschwanz als
Frisur.

Ich konnte es kaum fassen, alle strickten, so etwas
hatte ich noch nie gesehen, war das Psychofolter?
Sollten die Porschefahrer und Frauenaufreißer
Schwedens zu Muttis liebstem Söhnlein umerzo-
gen werden? Das fragte ich mich leicht angeekelt
von diesem demütigenden Anblick.

Einige von ihnen hatten etwas gerötete Augen und
schwitzten, andere schauten angestrengt auf ihr
Strickzeug, verfolgten jedoch genau Birgitta und
mein Eintreten. Da bemerkte ich, dass ein Stuhl

frei war, ich dachte der sei für mich reserviert und fragte Birgitta, ob ich mich setze dürfe, denn der Gang durch die Anlage hatte mich angestrengt. „Nein Robert, der ist für unseren Delinquenten, der ihn nach seiner empfangener Stock-Strafe sicher gleich gerne einnehmen wird. Warte einfach mal ab und nimm dich etwas zusammen, klar! Ich will das nicht noch öfter zu dir sagen, sonst…" Da kam ein Mann mit verheultem Gesicht zur Türe herein, hinter ihm stand eine resolute rothaarige Dame die ihn mit den Worten: „Setz dich sofort hin Sven und stricke!" an den freien Platz beorderte. Der Unglückliche tat wortlos wie ihm befohlen, vorsichtig setzte er sich auf den freien Stuhl. „Benny, komm du jetzt mit mir, es setz nun für dich gehörig was hinten drauf, marsch!" hörte ich die Rothaarige lächelnd sagen. Ein etwa Dreißigjähriger blonder Mann mit angedeutetem Pferdeschwanz stand auf, legte sein Strickzeug auf den Tisch und verließ mit gesenktem Kopf den Raum.

Da bemerkte ich erst, dass die fünf Männer mit gerötetem Gesicht etwas auf ihren Stühlen hin und her rutschten. „Alles klar, die wurden versohlt", schlussfolgerte ich haarscharf. Birgitta fragte ich: „Ist das hier ein Strafzimmer oder was? Werden hier nicht Männer gegen ihren Willen festgehalten und misshandelt?" Birgitta lachte mich von oben herab an: „Hier werden freche und unfolgsame Männer einfühlsam aber streng erzogen. Das ist keine „Misshandlung", wie Antifeministen uns gerne unterstellen, sondern eine artgerechte und geschlechtsspezifische Erziehung von ungehorsamen Männern zum Besseren. Dazu gehört die maßvolle Züchtigung mit dem Rohrstock auf seinen Popo genauso wie das Stricken, was für den Mann eine der besten Beschäftigungsmethoden ist. Das ist für die Psyche des Mannes besser als Pornos-Gucken und Auto-Putzen, glaub mir. Da kommt der Mann runter, wie Frau so schön sagt!" Nun war ich im Bilde.

Aus dem Nebenraum hörte ich in gedämpftem Ton eine Frau sprechen, danach war Stille. Nun hörte ich etwa zwei Minuten lang pfeifende und sanft klatschen Geräusche. Nun herrschte wieder Ruhe.

Nach insgesamt knapp fünf Minuten angespannter Wartezeit kam jener Benny zurück in den Raum. Er hatte ein rot angelaufenes Gesicht und ein paar Schweißperlen rannen ihm herunter. Er hatte im Nebenraum offensichtlich seinen Hintern versohlt bekommen. Seine beiden Hände gingen leicht nach hinten. Er setzte sich auf seinen freien Patz und begann sofort wieder mit Stricken. Die Sache war nun klar. Leif, aufstehen und mitkommen, dalli!" hörte ich von der resoluten Dame nur. Ein etwa fünfzigjähriger Mann mit Halbglatze stand auf und folgte ihr ins Nebenzimmer. Ich hatte genug gesehen und gehört. Ich nickte Birgitta zu und sagte leicht eingeschüchtert und anbiedernd zu ihr: „Alles verstanden, sicher eine notwendige

Erziehungsmaßnahme, das merken sich die Männer wohl einige Zeit. Wurden sie denn von einem Gericht zu Po-Schlägen und Gemeinschafts-Stricken verurteilt oder macht ihr das einfach so nach Lust und Laune?"

Leicht verärgert schüttelte Birgitta den Kopf und sagte zu mir: „Du hast wohl nicht richtig zugehört, als ich dir vor einer halben Stunde den Zweck unseres Hauses erklärt habe. Komm mit in mein Büro, da bekommst du Nachhilfeunterricht, damit die Botschaft ankommt und nicht vergessen wird, wenn du wieder zuhause bist!" Leicht erschrocken und verwirrt folgte ich ihr durch die Tür des Warteraumes für zu bestrafende Männer einen Stock höher zu ihrem Büro. Auf dem Weg dorthin kamen wir an Türen mit Glasfenstern vorbei. In Umrissen waren Männer beim Werken von irgendetwas zu sehen, zweimal hörte ich eine scharf klingende Frauenstimme und ebenso oft ein kurzes Klatschen und eine männliche klagende Stimme. „Was passiert da drinnen?" fragte ich Birgitta. Doch die antwortete nur knapp: „Das geht dich jetzt gar nichts an!" Ich schaltete nun vorsichtshalber mein Smartphon auf „ON" Aufnahme und ließ es schnell wieder in meiner Tasche verschwinden. „Vielleicht erzählt sie mir ja dazu was in ihrem Büro?" dachte ich, noch!

Nun waren wir in Birgittas Büro angekommen, ich schaltete schnell und von Birgitta unbemerkt mein

Smartphon auf „Tonaufnahme". Es sah sehr zu meiner Überraschung sehr schlicht aus: Schreibtisch, Pinnwand, zwei Ledersessel, zwei Bürostühle, eine kleine Sitzecke. In einer Blumenvase befanden sich einige kräftige Rohrstöcke. „Ob die wohl Deko sind oder zum Einsatz auf Männer-*Popos* kommen?" fragte ich mich jetzt noch.

Die Antwort erhielt ich schneller als mir lieb war. Birgitta deutet mit dem Zeigefinger auf die Lehne des Ledersessels und sagte mit energischem Tonfall zu mir: „Überlegen, du bekommst jetzt Hosenspanner wegen deiner typisch männlichen Unaufmerksamkeit von vorhin, dalli!" Da machte ich meinen ersten Fehler heute, ich versuchte mit ihr zu diskutieren: „Aber was soll denn das, ich bin Redakteur, ich muss doch nachfragen, wenn mir etwas unklar ist. Und übrigens bin ich nicht dein Zögling!" Birgitta schaute sehr streng und entschlossen, dann meinte sie achselzuckend: „Gut, wenn du nicht kooperierst, dann rufe ich eben Kim!" Sie drückte auf einen Knopf an der Wand und es piepste leise.

Ich wollte noch etwas zu meiner Verteidigung sagen, doch so schnell wie die Kim im Büro von Birgitta war konnte ich gar nicht denken. Es war eine kräftige untersetzte Dame mit eben der gleichen blonden Bubi-Frisur wie Birgitta, nur hatte sie noch einen lila Streifen im kurzen Haar. Sie trug eine eng sitzende lila Lederhose und einen pinken

Rollkragenpulli. Die attraktiv, aber streng wirkende Dame zeigte auf mich und sagte nur: „Der da?" und Birgitta nickte. Kim packte mich am Handgelenk und zog mir beide Arme erst nach hinten und dann nach vorne. Sie war stark, ich zappelte, konnte mich aber nicht wehren. Dann bückte sie mich auf den bereitstehenden Sessel, so dass ich auf der Sitzfläche zum Knien kam. Sie fasste meinen rechten Arm und Klick, war der mit einer Art Handschelle an der Rückseite des Sessels festgemacht. Genauso ging es dem linken Arm. Ich steckte in Handschellen kniend auf dem Sessel fest und konnte also nur noch meine Beine und den Hintern bewegen. Das tat ich auch bald sehr intensiv. Darum fixierte Kim noch meine Beine an den Stuhlfüßen mit einer Schnalle. Ich konnte nur noch mit meinem Hintern hin und her wackeln. „Brauchst du mich noch?" fragte Kim Birgitta und die schüttelte einfach nur dem Kopf, Kim verschwand so schnell wie siegekommen war. „Aha, der Sicherheitsdienst", dachte ich kurz, bevor mich ein brennender Schmerz auf meinem Hintern auf andere Gedanken brachte. Birgitta schlug schweigend und kräftig auf meinen Hintern ein. Nach gut einem Dutzend Hiebe zog sie meinen Hosenbund noch fester in die Kerbe und schlug kräftig weiter. Ich wollte nicht als Weichei dastehen und versuchte den Schmerz zu ignorieren, dies gelang jedoch nicht sehr lange. Nach vielleicht zwei oder drei Minuten fing ich leise und dann lauter zu jammern an: „Oho, Auaua, bitte Aufhören!" plärrte ich in den Raum. „Aha, der Herr Redakteur spricht wieder mit mir, ich dachte schon du bis sauer wegen Kim und der paar Hiebe!" sagte Birgitta gelassen zu mir. Sie hörte jedoch nicht zu schlagen auf und setzte weiter kräftig Hieb auf Hieb auf meinen Pop. Ich wetzte mit den Knien und versuchte mit dem Hintern den Schlägen aus zu weichen, was Birgitta zu der ironischen Bemerkung veranlasste: „Dein *Hintern* führt ja einen Freudentanz hier auf, wohl schon lange nichts mehr drauf bekommen was, mein unaufmerksamer Redakteur? Einer schwedischen *Frau* zuzuhören und auch zu gehorchen ist wohl nicht deine Stärke!" Ich presste hervor: „Bitte hör auf und mach mich los, ich höre dir jetzt genau zu und verspreche, dass ich mache was du von mir willst!"

Zack, sie hörte zu schlagen auf und öffnete die Handschellen. Ich rieb mir den versohlten Hintern und die Handgelenke wechselweise. „Wenn du frech werden solltest oder nicht genau zuhörst, wenn ich dir etwas erkläre, rufe ich wieder Kim. Dann verprügelt sie dich aber richtig, verstanden?" Ich nickte eifrig. Sogleich begann Birgitta erneut zu dozieren: „Die Männerrunde unten besteht zu einem Teil aus entlassenen Sträflingen, die Sexualdelikte begangen haben und auf Bewährung entlassen wurden. Bei denen gehört Stricken und Rohrstockzüchtigung zur Bewährungsauflage. Die anderen Kerle kommen auf Wunsch ihres

Arbeitgebers oder ihrer *Ehefrau*. Sie haben sich sexistische Vergehen in geringerem Umfang zuschulden kommen lassen und nehmen fast „freiwillig" an dem Männerkurs teil. Wenn alle ihren *Popo* versohlt bekommen haben findet ein Gruppengespräch unter ihnen statt, das von einer Sozialarbeiterin oder auch von mir moderiert. Wir haben die Zusammensetzung der Teilnehmer bewusst so ausgewählt, dass die Mischung aus vollzogenem oder angedrohten Gefängnisaufenthalt, Rohrstockhieben und Sexentzug ihre gruppendynamische Wirkung richtig entfalten kann. Alles verstanden?"

Ich nickte erneut eifrig und bedankte mich: „Ja klar, vorher ging alles so schnell da habe ich wohl dir wohl nicht richtig zugehört, tut mir leid. Jetzt ist mir alles sehr einleuchtend, danke Birgitta!". Sie lächelte zufrieden aber irgendwie hinterhältig: „Du hast übrigens die Hiebe erhalten, da deine Fragen zum einen Rechtsverstöße von uns unterstellt haben. Zum anderen hast du das typisch *männliche* Verhalten an den Tag gelegt, nicht richtig Zuhören, wenn eine *Frau* etwas sagt, sondern ihr stattdessen auf den *Busen* oder den *Popo* zu glotzen. Beides hast du gemacht ich hab's gesehen, da brauchen wir gar nicht zu diskutieren!" Ich fühlte mich von ihr ertappt, leider war es wirklich so. Ich senke den errötenden Kopf und sagte. „Entschuldigung, tut mir leid." Es war daraufhin fast eine halbe Minute still. „Erledigt, du hast deinen

Arsch bereits versohlt bekommen, gut so. Die körperliche Züchtigung hat in Schweden ja eine gewisse Tradition. Ist dir das denn bewusst?" fragte sie oberlehrerhaft lächelnd.

Ich schüttelte einfach ohne nachzudenken den Kopf. Birgitta begann zu dozieren: „Seit Jahrhunderten wurde die Züchtigung auf den *Popo* in der Kindererziehung in Familie und Schule als Selbstverständlichkeit in Schweden praktiziert, selbst Astrid Lindgren hat in den „Pippi Langstrumpf"-Büchern an einigen Stellen darüber berichtet. Diese Praxis ging dann in den 70er und 80er Jahren des letzten Jahrhunderts erfreulicher Weise zurück, 1988 wurde die Züchtigung von Kindern und Jugendlichen in Schule und Elternhaus in Schweden gesetzlich verboten. Das bleibt so bestehen! In vielen der männlichen Tradition verhafteten Familien wurden die *Ehefrau* von ihrem *Gatten* zur Aufrechterhaltung der patriarchalischen Ordnung regelmäßig geschlagen, das ist nun vorbei und wird von uns jetzt in sein Gegenteil umgekehrt. Langfristig historisch gesehen ist das also überfällig und völlig in Ordnung und praktisch dient es der schwedischen *Frau* zur Festigung der neu geschaffenen feministischen, geschlechtergerechten Strukturen. Alles verstanden?" Ich hatte erstaunt zugehört. „Ein Widerspruch würde jetzt wohl nicht so gut kommen", dachte ich und nickte erneut: „Klar doch, die Frauen in Schweden nehmen jetzt Revanche an den Männern für die langjährige Unterdrückung!"

„Du sagst es, gut, verstanden! Willst du sonst noch etwas wissen?" meinte sie etwas oberlehrerhaft zu mir. „Was ist mit dem Frauentag in Schweden, warum haben da eigentlich nur die Damen und nicht auch die Männer arbeitsfrei?" fragte ich leicht trotzig. Ich bekam ein fünfminütiges Statement zur Geschichte der schwedischen und internationalen Frauenbewegung zu hören. Es endete mit dem Satz: „Darum ist es historisch gesehen vollkommen in Ordnung, dass wir Frauen an dem Tag feiern, kämpfen und uns weiterbilden, während die Männer Im Büro oder auch teilweise Zuhause arbeiten dürfen, klar?"

„Hast du weitere Fragen?" bekam ich dann von der leicht erregten Birgitta zu hören. „Ja, ein Wort von vorhin, als es um die Gruppenzusammensetzung ging. Ich habe dir genau zugehört, beschäftigt mich noch etwas. Du hast von „Sexentzug" gesprochen. Was darf ich darunter verstehen?" Birgitta lächelte verschmitzt und sagte: „Willst du das wirklich wissen?" Unvorsichtiger weise sagte ich: „Ja, natürlich!" Ihre schlagfertige Antwort kam für mich doch sehr überraschend: „Dann zieh deine Hose aus und warte kurz!" Verdutzt blieb ich stehen. Sie ging zu ihrem Schrank, in dem wohl diverse Materialien verstaut waren, entnahm ein kleines Päckchen und überreichte es mir: „Nochmals, Hosen runter und anziehen!" hörte ich von ihr. Ich wollte nicht riskieren, dass sie nochmals Kim rief. Also öffnete ich den Gürtel meiner Hose knöpfte sie auf während ich sie fragte: „Was ist das, was hast du vor?"

Nun stand ich ohne Hose und Slip unten nackt vor ihr, mein Schwanz war leicht steif nach vorne gerichtet. „Sie sagte lächelnd: „Das ist ein CB-10.000-S, das aktuelle schwedische Standart-Modell für einen gut von allen Männern tragbaren Keuschheitsgürtel. Den bekommen Sexual-Straftäter, besonders natürlich *Vergewaltiger* während des Strafvollzuges verpasst und die auf Bewährung entlassen werden als Auflage zum Tragen mit. Aber auch manche *Ehefrau* kauft das gute Stück für den sachkundigen Gebrauch in der Familie sozusagen. Vom Gericht verurteilte Männer müssen ihn bis zu drei Tagen ohne ihn abzunehmen tragen, in der Ehe wird er wohl jeden Tag auf- und nach eine Pause wieder zugeschlossen. Der liebe Gatte ist zwar da, kann jedoch nicht begatten, wie süß! Tu mir den Gefallen und probiere das Teil mal, stell dich nicht so zickig an!" Sie drückte mir den Keuschheitsgürtel in die Hand. Es war ein durchsichtiger Plastikpenis, knapp zehn Zentimeter lang und leicht gekrümmt, innen natürlich hohl, da sollte ja ein Schwanz rein. Vorne hatte er eine kleine Öffnung, war wohl zum Pinkeln gedacht. Befestigt erschien er an einem festen Ring, der oben ein kleines Schloss hatte. Ich schaute sie fragend an. „Los ziehe ihn an, ich helfe dir, keine Angst ich nehme in dir wieder ab und es wird nicht zu deinem Schaden sein, ich verspreche es dir."

Okay, fünf Minuten später hatte ich das Ding mit ihrer Hilfe und etwas Handcreme über meinem Schwanz gestülpt, der war nun fest verschlossen, mit Ring und Schloss gesichert. Er zwickte etwas am Sack, aber es war erträglich. Sie hielt zwei sehr kleine Schlüssel in der Hand: „Der sitzt ja prima, wie für dich gemacht. Du hast die schwedische Durchschnittsgröße, toll. Die beiden Schlüssel zum Öffnen bekommst du nachdem du mich befriedigt hast, verstehst du? Du wirst es nicht bereuen und eine wichtige Erfahrung kannst du mit nach Hause nehmen. Sie holte ihr Smartphone und tippte drauf rum.: „Du hast von mir eine Nachricht auf WhatsApp bekommen!" sagte sie lächelnd zu mir. Natürlich hatte sie meine Handy-Nummer gespeichert, denn wir hatten uns ja auch darüber verabredet. Ich stellte mein auf dem Tisch liegendes Smartphone von „Aufnahme" auf WhatsApp und klickte „Birgitta" an. Da stand: „Du darfst meine *Fotze lecken!*" Mit ernstem Blick sagte Birgitta zu mir: „Setz dich auf den Sessel und schau mir zu!" Gesagt getan. Ich staunte nicht schlecht, denn Birgitta zog sich geschwind Hose und Slip aus, sie stand „unten nackt" vor mir. Sie trug auf ihrem Venushügel ein zu einem Dreieck rasiertes Schamhaarteil, welches lila gefärbt war. Doch ich hatte nicht lange Zeit das zu bewundern. Mein Schwanz drückte in seinem neuen Gefängnis.

Birgitta rückte den Besprechungstisch vor meinen Sessel, legte sich wie selbstverständlich mit gespreizten Beinen drauf, so dass ich fasziniert auf ihre glattrasierte offene Muschi schaute. So hatte ich mir die Pussy einer gutaussehenden Schwedin vorgestellt: Hier schimmerte ihre längliche, wie ein gotisches Fenster aussehende Lustgrotte, nur die äußeren Labien waren sichtbar, dazwischen glänzte es feucht und hellrosa aus ihrem süßen Schlitz. Birgitta präsentierte mir ihre wie mit einem Zeichenstift gestylte makellose Designer-Pussy. Sie roch dezent aber deutlich nach Parfüm (Opium-Women vermutete ich), Mösensaft und leicht nach Schweiß. „Los, *sliecka fitta,* (*2) aber gut!" hörte ich von ihr. Ich dachte nur: „Gut, dass ich die Erlaubnis von ihr zum Lecken abgespeichert habe!" dachte ich erleichtert. Aber ich fragte mich etwas verwirrt und dachte: „Hat sie wirklich *„fitta",* also Fotze und nicht *„misse" (*3),* nämlich Muschi, gesagt oder habe ich mich verhört? - Egal, konzentriere dich jetzt nicht auf ihren Wortschatz, sondern sofort auf das Lecken ihres wirklichen Schatzkästchens, ihrer Muschi!" Ich vollführte eine geistige Kehrtwende. Men Schwanz wurde steif, doch er stieß leider an die Grenzen da Keuschheitsgürtel.

Was sollte ich also machen? Sofort leckte ich schnell drauf los. Natürlich machte es mir anfangs großen Spaß, ihre süße Pussy mit der Zunge zu liebkosen. Als ich die Finger zu Hilfe nahm um tiefer in sie vorzustoßen zu können hörte ich von ihr:

„Finger weg, nur mit der Zunge. Erst kräftig den *Kitzler* dann langsam die *Schamlippen* rauf und runter." Ich tat wie mir befohlen. Mein Schwanz wurde wieder steinhart, doch er stieß leider an seine neuen Grenzen aus Polycarbonat. Nach drei Minuten lecken bekam ich etwas Flüssigkeit aus ihrer Muschi ins Gesicht, aber es war wohl noch ein längerer Weg bis zum angestrebten Ziel. Meine Zunge wurde schlapp. Da hörte ich von Birgitta: "Der ZB bleibt solange dran bis *ich komme*, verstehst du? Los, schneller, *sliecka fitta!*" hörte ich deutlich ihre motivierende, jetzt etwas erregte Stimme. Ich erschrak erneut: „Warum sagt sie *fitta* und nicht *misse*, wie ihre Pussy im anständigen Schweden genannt werden sollte? Scheiße, wo bin ich da reingeraten dachte ich. Nun riss ich mich zusammen, sammelte Spucke im Mund, liebkoste intensiv ihren Kitzler, schrubbte die Schamlippen langsam auf und ab um wieder zuzelnd beim Kitzler zu landen. Nun konnte ich mit der Zunge sogar ihre tief im Tunnel versteckten, kleinen inneren Lippen erreichen, wie niedlich die Dinger doch waren! Jetzt bedauerte ich es sehr, dass ich nicht mit meinem Schwanz, sondern nur mit der Zunge in ihrer *fitta-Fotze* war. Endlich hatte ich Erfolg. Mein bestes Stück pochte erneut, doch ich achtete jetzt mehr auf ihre Muschi und die Flüssigkeit die erst langsam aus ihr lief und dann mit drei oder vier kleinen Springbrünnchen herausspritzten. Mit einem *„Jag kommer, ju!* (*4) *juuuuuh! Bra!* (*5) *braaaaahhhh!"* kam sie und zu guter Letzt spritzte sogar noch ein kleines Bächlein zum krönenden Abschluss ihres Orgasmus' über meine Nase. Ich war erleichtert und sogar etwas stolz auf mich.

Sie war zwei Minuten später lässig aufgestanden, putzte sich oberflächlich mit einem Taschentuch zwischen den Beinen ihre von mir mit der Zunge so intensiv behandelte Pussy ab und gab mir die beiden Minischlüssel. Mit etwas Mühe fand ich das Schlüsselloch und befreite mich von dem CB-Keuschheitsgürtel: „Danke, es war schön deine *Muschi* zu lecken und zu sehen wie du kommst!" sagte ich leicht verwirrt zu ich. Sie schmunzelte zufrieden: „Gut gemacht, Redakteur. Ich habe eine sehr intensive Beziehung zu meinem Körper und daher dein *Lecken* und letztlich natürlich besonders das *squirten* (*6) mit dir sehr genossen! Ich schätze du hast nun auch verstanden, wie Rohrstock und CB im Wechselspiel miteinander wirken, erträglicher Schmerz und zeitlich begrenzte Enthaltsamkeit erziehen den Mann zum Guten! Auch bei dir angekommen?"

Ich nickte eifrig mit rotem Kopf: „Nun habe ich doch noch eine kleine Frage, du darfst aber nicht sauer sein, es geht um vorhin?" sagte ich sehr vorsichtig zu Birgitta. Sie lächelte gönnerinnenhaft: „Nur raus damit mein kleiner Redakteur ich schneide dir nichts weg und die Rohrstock-Hiebe sind ja schon vorbei!" So motiviert brachte ich endlich ich heraus: „Warum hast du mich vorher zum *Lecken* deiner „Fotze" auf Schwedisch „*fitta*" aufgefordert und mich nicht, wie es im anständigen Schweden üblich ist, zum Lecken deiner Muschi also im schwedischen „*misse*"?" Da lachte Birgitta lauthals auf: „Hahaha, ja da hat unsere Kulturtante im Ministerium wieder mal über die Stränge geschlagen, das kommt leider bei diesen praxisfernen Bürokratinnen vor. An deren Neusprache halten sich doch die wenigsten Frauen. Wenn du mich offiziell fragst, sage ich natürlich *misse*, das ist klar. Aber wenn ich mit dir, Kim oder meinem *Liebhaber* rein privat zusammen bin, dann ist es mir egal ob du „Muschi" oder „Fotze" auf Deutsch oder eben „*fitta*" oder „*misse*" auf Schwedisch sagst. Hauptsache du oder Kim lecken sie gut, verstanden? Und wenn ich ausnahmsweise einen steifen *Schwanz* zwischen den Beinen haben will, dann kann mein Liebhaber gerne „Ficken" oder eben „knulla" sagen, er muss nur gut sein und mich befriedigen, das ist wichtig!"

Verwundert und trotzdem sehr erleichtert bedankte ich mich bei Birgitta für die sehr persönliche und erfreuliche Auskunft. „Es ist eben nie zu spät für den gesunden Menschenverstand!" dachte ich bei mir im Stillen. Zehn Minuten später verabschiedeten wir uns voneinander: „Den CB-Zehntausend-S kannst du übrigens als Geschenk mitnehmen, verstanden? Ich weiß, dass du verheiratet mit einer Sabrina bist, ich habe nicht nur deine, sondern auch ihre Daten! Nimm dich in Acht, ich bin gut informiert, mein kleiner Redakteur. Verwirrt fragte ich sie: „Was, du hast…?" Weiter kam ich nicht. Wundere dich nicht, wir sind hier gut über unsere Partner informiert, hahaha. Vielleicht hat ja deine *Gattin* für den Keuschheitsgürtel Verwendung, wundern würde es mich nicht bei einem Typen wie dir? Es ist hier in den letzten drei Jahren für schwedische Ehepaare sogar sehr ‚in' geworden, dass der Gatte seiner Frau, zum Beispiel zum Siebten oder Zehnten Hochzeitstag, einen Keuschheitsgürtel schenkt, den sie ihm dann hinterher verpasst." Ich fragte etwas gereizt nach: „Warum denn, aus Spaß an der Freude?" Birgitta schüttelte lächelnd den Kopf: „Nein! Einfach, weil es gut für euch Männer ist, Disziplin zu lernen. Darum ist das Anlegen des Keuschheitsgürtels noch am Hochzeitstag oder aber später bei passenden Vorfällen einfach naheliegend!". Ich zog es nach diesem interessanten Dialog vor nur: „Danke für das Teil, ich habe verstanden!" zu ihr zu sagen. „Darum sind viele schwedische Ehemänner auch so zurückhaltend und doch zuvorkommend zu uns Frauen! Ich meine es ernst, es wäre einen Test für dich und deine Frau wert", gab mir Birgitta noch auf den Weg mit. Ich verabschiedete mich von ihr erst mit einem festen Händedruck und dann doch mit einem leichten Handkuss, den sie schmunzelnd entgegennahm.

Mit ihrem Mösengeruch in der Nase und einem halbsteifen Schwanz in der Hose verließ ich den Männerbesserungs-Palast aus Stahl und Glas. Für heute hatte ich irgendwie genug. Ich rief mir ins Gedächtnis zurück, dass ich vor gut einer Woche in Stockholm für eines der drei von Birgitta benutzten Worte, nämlich „knulla" oder eben „Ficken", Rohrstockhiebe auf den Hintern bekommen hatte. Da bin ich heute ja wirklich noch glimpflich und lustvoll davongekommen! Ich ging zur T-Bahn und fuhr Richtung Hotel. Mein Smartphone summte, ich schaute auf den WhatsApp und staunte nicht schlecht: *tak för (*7) sliecka fitta+ orgasm* - Birgitta" war zu lesen. Ich freute mich sehr, doch mir wurde auch klar: Der Dank der insgesamt vier schwedischen Damen für einen Orgasmus mit mir hatte für mich nachträglich leider einen schalen Beigeschmack. Er wirke so, wie sich die Auto-Fahrerin an der Tank-Stelle für den guten Service des Scheibenwischens und des richtigen Füllens des Tankes bedankt. „Aber offensichtlich war ich kein schlechter Tankwart!" dachte ich zufrieden mit mir. Schluss jetzt damit! Klar war der Sex mit meiner Sabrina intensiver als das Ficken und Abspritzen mit den vier Schwedinnen. Bumsen mit meiner Frau ist für uns beide ein liebevolles Miteinander, das werde ich sicher bald wieder gemeinsam mit ihr erleben!

Ich suchte mir wieder ein sauber aussehendes Fischlokal mit Meerblick und bestellte eine große

Ostsee-Fischplatte mit „frischem Fang von heute" mit gedünsteten Kartoffeln. Von meinem Platz aus hatte ich erneut einen herrlichen Blick über den „Riddarfjärden"-Meerbusen rüber nach Södermalm. Die von Denkmalschützern und vielen Prominenten, wie dem ABBA-Sänger Benny Andersson kritisierten, herrlich sichtbare „Guldbron"-Brücke gefiel mir gut und gab dem Stockholmer Hafenblick nun einen gewissen modernistischen Pfiff. Doch auch die kulinarischen Angebote dieses Restaurants ließen mein Herz höherschlagen. Auf der Getränkekarte entdeckte ich zu meiner Freude einen „Chiaretto"-Rose-Wein aus Bardolino, ich bestellte eine Flasche für einen enorm hohen Preis. Für das Geld hätte ich am Gardasee sicher zwei Kartons dieses Weines bekommen. Das war mir jetzt egal, die Summe schien mir in Anbetracht der Ereignisse des heutigen Tages gerechtfertigt. Ich genoss die Stunden hier im Strandlokal, es war ein heller Abend, die Wellen und der Himmel leuchteten blau. So konnte ich es leichter verschmerzen, die scharfe Muschi Birgittas nicht durchgezogen, sondern nur geleckt zu haben. Es gibt ja immer etwas, an dem „Mann" sich freuen kann, auch wenn der eine oder andere Wunsch noch offenbleibt. Und ich muss es zugeben, Pussy-Lecken kann auch richtig Spaß machen. Ich kann meine Frau verstehen. Jedenfalls habe ich heute viel erlebt und erfahren, langweilig war es nicht!

(*1) Astrid-Lindgren-Stiftung = Astrid Lindgren, weltweit bekannte schwedische Kinderbuch-Autorin (1907 – 2002) mit seinerzeit fortschrittlichen und menschenfreundlichen Geschichten. Bekannt mit „Pippi Langstrumpf" und „Die Kinder von Bullerbü" u.a.

(*2) sliecka fitta = Fotze lecken

(*3) misse = Muschi

(*4) jag kommer = ich komme, ja

(*5) bra = gut

(*6) squirten = Orgasmus-Fontaine der Frau

(*7) tak för = Danke für

Rückreise

Stockholm, 22. 9. 2026

Am nächsten Tag ging Mittag mein Flieger zurück nach München. Ich hatte nun sehr viel gesehen, erlebt und gespürt, mein Hintern und mein Schwanz juckten und brannten etwas in der Hose. Ich konnte mich nicht beschweren, das Resultat sah für mich sehr positiv aus: Ich hatte sieben Interviews geführt und die Aufzeichnungen davon auf meinem Smartphon. Ich habe mit drei verschiedenen Schwedinnen insgesamt viermal gevögelt und einer die Muschi geleckt. Die vier Schwedinnen hatten sich alle bei mir bedankt, okay! Von hier aus auch von mir, Danke Birgitta, Emma, Beatrice und natürlich Eva für den Doppelfick. Allerdings habe ich selbst auch dreimal Hiebe erhalten, das waren Lilly, Helen und last not least Kim. Ich habe das gut weggesteckt, es gibt schlimmeres! Nach dieser schwedischen Woche war mir auch klar: Man muss vorsichtig sein in Schweden aber auch bei uns zuhause in Deutschland. Es kommt immer drauf an wie krass oder geil die Dame drauf ist mit der du im Augenblick zu tun hast. Oder was deine Frau weiß und im Schilde führt? Ich hatte eine Mischung aus Willkür, Disziplinierung des Mannes, aber auch Glück erlebt. Etwas vorsichtig dachte ich an Sabrina zuhause, ob sie etwas von meinen Seitensprüngen ahnte? Was läuft da zwischen ihr und der Lesbe Bettina?

Ich wollte mir weiter keine tiefschürfenden Gedanken mehr machen, sondern den letzten Tag noch etwas genießen. Natürlich hätte ich noch den hiesigen Sitz des Institutes „IfSDZGF" besuchen können, die mir die Durchführung dieser Reportage u.a. ermöglicht hatte. Ich versprach mir jedoch keine weiteren Erkenntnisse davon, das war zum Glück auch kein Pflichttermin, darum ließ ich es ganz einfach bleiben, mir fehlte hierzu die Kraft. Ein Fehler? Das wird sich noch herausstellen.

 Ich nutzte die zwei Stunden nach dem Frühstück im Hotel, um mich neben dem gesellschaftspolitischen, sexualpädagogischen und juristischen Auftrag auch kulturell etwas weiter zu bilden. Sie fuhr ich mit der T-Bahn zum Galärvarvsägen um das VASA-Museum zu besichtigen. In zwei Stunden hatte ich die sehr interessante Ausstellung des 1628 bei der Jungfernfahrt gesunkenen schwedischen Kriegsschiffes hinter mich gebracht. Durch die nur 20-minütige Fahrt auf dem Wasser und die 333 Jahre auf dem Meeresboden verbrachte Zeit haben das fahruntaugliche Schiffsungetüm gut erhalten. Die Tafeln zur damaligen Zeit taten ein Übriges, um die Verhältnisse des 16. Jahrhunderts lebendig werden zu lassen. Im groß angelegten Museums-Shop kaufte ich mir noch ein VASA-Notes-Book, das auf jeder Seite die Aufschrift „VASA

1628" trägt. Es ist in blaues Leinen gebunden, leere Seiten, liniert und kann als Tagebuch verwendet werden.

In der Abflughalle auf den Flieger wartend wunderte ich mich etwas über das Selbstvertrauen der Schweden, die eine derartige historische Peinlichkeit nicht lieber verschweigen und einfach auf dem Meeresgrund liegen lassen, sondern dem internationalen Publikum kundtun. Nein, sie schämen sich nicht für ihren König Gustav Adolf, der für die Wahnsinnsausgaben und das Debakel des sinkenden nie kämpften Kriegsschiffes im 30-jährigen Krieg verantwortlich ist. Mut zur Selbstkritik gibt es also hier, vielleicht auch mal in Bezug auf das Zustimmungsgesetz? Nein, davon sind wir weit entfernt. Eher schwappt dies Welle auf die EU-Länder über. Ich bestellte mir an einer Theke noch ein Dünnbier und ein lasches Fischbrötchen.

Endlich konnte ich in den Flieger steigen und abheben, es lagen etwa eineinhalb Stunden Flug vor mir. Ich checkte kurz meine Emails und schaute in den grauen Himmel über der Ostsee. Ich dachte und träumte. „Ja, die Schwedinnen und Schweden bleiben doch liebenswerte Menschen, auch wenn sich die eine oder der andere zu genau an die Vorhaben der regierenden Dogmatikerinnen hält." Über weitere Konsequenzen und Forderungen in Sachen Gesellschaftspolitik und Sexualstrafrecht in Schweden wollte ich mir jetzt keine weiteren

Gedanken machen. Das soll jeder für sich entscheiden.

Da bekam ich eine „Push-Meldung auf mein Smartphone von meine „Süddeutschen Merkur" (*1) - App: „Verschärfung des Prostitutionsgesetzes in Berlin auf dem Weg". Ich las genauer nach und fand: Das im Volksmund so genannte „Antiprostitutionsgesetz" wurde vom Kabinett beschlossen und sollte in den nächsten Wochen in erster Lesung in den Bundestag kommen. Werbung und Darstellung von Prostitution wird vollständig verboten, einschlägige Anzeigen und entsprechende Werbehinweise werden mit Geldstrafen geahndet. Das Wichtigste: Freier müssen sich genauso wie Huren beim Gesundheitsamt registrieren lassen. Es gibt zwar kein Sex-Kaufverbot wie in Schweden, aber die Prostitution in Deutschland soll enorm erschwert werden. „Was kümmert es mich", dachte ich erleichtert und doch resigniert, denn „ich gehe ja nicht zu Prostituierten, ich bin ja glücklich verheiratet!"

Pünktlich kam mein Flieger in München an. Entgegen meiner Hoffnung holte mich Sabrina nicht am Flughafen ab. Ich schickte ihr eine WhatsApp: „Hi Sabina, bin gelandet. Was essen wir heute Abend?" Mit der S-Bahn fuhr ich Richtung City. Ich bekam keine Antwort, das machte mich stutzig und vorsichtig.

(*) 1.

Im Jahr 2024 fusionierten die beiden großen Münchener Tageszeitungen „Süddeutsche Zeitung" und „Münchner Merkur" zum neu gegründeten „Süddeutschen Merkur"

München

Heute Vormittag holte ich mein in Stockholm ge-
kauftes VASA-Notes-Book und begann meinen
Aufzeichnungen darin per Handschrift, nur ich
sollte sie lesen könne, denn ich habe eine „Sau-
klaue".

München, 23. 9. 2026

Mit Jetlag kam ich abends bei mir zuhause an.
Meine Frau war alleine zuhause und begrüßte
mich sehr erfreut, schaute aber etwas skeptisch
drein. Schnell räumte ich meine Klamotten aus
und küsste Sabrina intensiv. Ich wollte schnell mit
ihr bumsen, doch sie wehrte mich sanft ab: „Hast
du mir denn kein Geschenk mitgebracht?" hörte
ich von ihr erstaunt. „Geschenk?" Dachte ich: „Da
war doch was". Leider hatte ich kein Mitbringsel
für sie gekauft, so musste ich auf das zweideutige
„Geschenk", das ich im Zusammenhang mit dem
Muschi-Lecken von Birgitta in Stockholm erhalten
hatte zurückgreifen. Ich kramte in meiner Tasche
und überreichte ihr den Keuschheitsgürtel „CB-
Zehntausend-S" erklärend: „Ein Sexspielzeug,
habe ich im Institut bekommen," log ich sie frech
an. Sabrina lächelte wissend, nahm es an sich und
räumte das Teil wortlos weg. Nach einer Stunde Er-
zählungen von ihrem Lehrgang und meinen

Interviews in Schweden legten wir uns nach dem Genuss von einer guten Flasche Rotwein schlafen. Ich akzeptierte Sabrinas Regeln was den GV anging: Zweimal die Woche und nicht öfter. Meistens am Wochenende oder an Feiertagen war ficken möglich und angesagt. Ja anfangs vögelten wir fast täglich, doch nach etwa drei Jahren Ehe hatten wir uns auf die lutherische Regel geeinigt. Von meinen Vögeleien mit den drei Schwedinnen hatte ich nichts berichtet. Keine Panik auf der Titanic.

München, 25. 9. 2026

Am gestrigen Samstag fragte mich Sabrina unumwunden, ob ich in Schweden mit einer Frau gevögelt hätte. Ich schüttelte den Kopf und verneinte. Dummerweise hielt Sabrina mein Smartphone in der Hand: „Erzähle mir keinen Unsinn, ich habe auf meinem Smartphone von einer gewissen Birgitta aus Stockholm eine längere und eindeutige WhatsApp erhalten, daraufhin habe ich dein Smartphone gecheckt. Sie hat dir den Keuschheitsgürtel als Dankeschön geschenkt, weil du ihr die Muschi so erfolgreich geleckt hast. Während der Woche in Schweden hast du dort mit drei verschiedenen Frauen gevögelt, das waren Beatrice, Emma und Eva. Das geht aus den WhatsApp-

Verlaufen eindeutig hervor, du Lügner. Dir ist hoffentlich klar, was das bedeutet?"

Es war mir klar, es würden in den nächsten drei Wochen schwedische Verhältnisse bei uns einziehen. Ich musste sofort meine Hosen ausziehen und mich im Wohnzimmer über den Sesel bücken. Dort erhielt ich Einhundert scharfe und schmerzhafte Rohrstockhiebe von Sabrina. Meine Frau kündigte mir an, dass ich so wie vor drei Jahren für jeden unerlaubten Fremdgeh-Fick Einhundert Rohrstockhiebe auf den nackten Hintern erhalten würde. Nach der heutigen Züchtigung, also noch zwei weitere Sonntage hintereinander je Hundert Hiebe. Jede Züchtigung wird mit Sexentzug für eine Woche verschärft. Ich habe also drei harte Wochen vor mir, noch zweimal Hiebe und drei Wochen kein GV.

München, 2. 10. 2026

Nun habe ich meine zweite Einhundert-Fremdgeh-Züchtigung hinter mir. Das tut mir sehr weh, ich kann es aber aushalten. Mich schmerzt wesentlich mehr, dass ich wegen Fremdgehen auf der Dienstreise in Schweden meine Frau drei Wochen lang nicht ficken darf. Sabrinas Kollegin Bettina kam nun öfters zu uns nach Hause zu Besuch, das tat sie früher nie, denn sie hatte so eine Art „Männer-

Phobie". Keine Ahnung warum, irgendwie traute sie sich nicht zu uns nach Hause, wenn ich da war, im Büro vermied sie es nach Möglichkeit alleine mit einem Mann in einem Raum zu sein. Sabrina war sie sehr sympathisch, sie verstanden sich gut. Da hatte jetzt Sabrina eine Idee, einen Plan und ein Geschenk: Wenn seit einigen Tagen die Freundin meiner Frau bei uns in der Wohnung war, musste ich den Keuschheitsgürtel anziehen, Sabrina zeigte ihrer Gespielin gerne wie er genau angelegt wird und sitzt. Bettina war sogar bei der letzten Wochenabstrafung von mir dabei, sie hatte sich köstlich amüsiert. Mit versohltem Hintern durfte ich sparzieren gehen, während sich die zwei Damen natürlich ohne mich in unserem Schlafzimmer vergnügten.

München, 9. 10. 2026

Jetzt ist meine dritte Fremdgeh-Züchtigung vorbei, doch der Sexentzug gilt noch für eine Woche, erst dann darf ich hoffen, endlich meine Frau wieder bumsen zu dürfen. Die Zeit nach der Rückkehr aus Schweden ist schwierig geworden, aber auch sehr spannend. So waren bei uns in München nicht ganz dieselben, aber doch ähnliche Verhältnisse wie bei Jenny und Lena in Ystad eingekehrt. Nur Bettina schlief und wohnte nicht bei uns, doch sie verbrachte relativ viel Zeit bei Sabrina, natürlich nicht nur in der Küche und im Wohnzimmer, sondern auch in unserem Ehebett. Ich durfte in dieser Zeit meist Hausarbeiten erledigen und musste den Keuschheitsgürtel tragen, Sabrina nahm in mir erst ab, wenn Bettina unsere Wohnung verlassen hatte. Wenn Sabrina mit Bettina turtelte, knutschte und sie sich gegenseitig die Muschi leckten, dann war das natürlich kein „Fremdgehen", sondern ein sich Liebhaben unter Frauen. Das ist schließlich etwas ganz anderes!

München, 16. 10. 2026

Gestern habe ich seit über vier Wochen das erste Mal wieder mit Sabina geschlafen. Es war für mich herrlich, endlich wieder in ihrer feuchten Muschi sein! Ich leckte erst den vorwitzigen Kitzler und dann die schönen länglichen Schamlippen rauf und runter. Kein Haar störte die genussvolle Leckerei, denn Sabrina ist natürlich vollständig rasiert. Nach dem mein sehr sensibler und harter Schwanz in sie eingedrungen war hatte ich nach nur wenige Stößen einen schönen Orgasmus, Sabrina leider nicht. „Kein Problem", sagte sie leicht säuerlich, „den hole ich mit Bettina nach". Ich ließ mir die Stimmung nicht verderben, wir tranken zusammen zwei Gläser Sekt.

Ich habe viel gelernt in Schweden, meine emanzipierte Frau war zwar nicht dort, die kam ganz einfach von selbst drauf: „Wir werden hier in

Deutschland die schwedischen Rechte für Frauen, wie das Zustimmungsgesetz, sicher sehr bald übernehmen!" Das war bei uns bisher zwar nie ein Problem gewesen, doch Bettina und Sabrina waren einfach aus frauenpolitischen Gründen für dieses in der EU teilweise noch immer umstrittene Gesetz.".

München, 30. 10. 2026

Wir haben als gut situierte Mittelständler ja eine relativ geräumige Wohnung. Dies ist jetzt auch nötig, denn Bettina ist „vorläufig für ein paar Monate" bei uns eingezogen. Sabrina und ihre Freundin teilen sich unser bisheriges Schlafzimmer, ich habe hierfür kein Zutrittsrecht mehr. Ich bin in unser Gästezimmer umgezogen. Dort seht ein breites Boxspring-Bett, Musikanlage, ein Fernsehe, Schrank und zwei Holzstühle. Es gibt eine direkte Verbindungstür zum Arbeitszimmer wo unsere zwei PCs stehen. Ich habe also einen kleinen Teil unserer Wohnung für mich.

Bettina räumte alle ihre Klamotten am Tag ihres Einzuges in den Schlafzimmerschrank wo zuvor meine Hemden, Anzüge und Wäsche war. Alle meine Klamotten kamen in das Gästezimmer, das nun "Roberts Zimmer" oder „sein Zimmer" genannt wird. Sabrina und Bettina verbringen jede Nacht gemeinsam in „unserem" früheren ehelichen

Schlafzimmer. Mit Sabrina vögeln darf ich „allerhöchstens einmal in der Woche", wie mir meine Gattin kalt lächelnd mitteilte. Sie hat mich bisher einmal vor drei Tagen in „meinem Zimmer" besucht und mich geritten. Aus.

München, 13. 11. 2026

Bei einer kontroversen Unterhaltung in unserem Wohnzimmer über Hausarbeit, Sex und Treue erklärte Sabrina nach einer spontanen Züchtigung von mir in Anwesenheit von Bettina stolz: „Die Prügelstrafe für unfolgsame, lügende und in der Gegend herum vögelnd Ehemänner gibt es bei uns ab sofort schon zuhause! Ich werde das weiterhin so praktizieren, es gibt künftig nicht nur bei Ehebruch Schläge für dich, sondern auch bei Faulheit im Haushalt, zu spät nach Hause kommen, dumme Bemerkungen machen und auf Bettina gaffen." Eine gesetzliche Grundlage für die Züchtigung ihres Mannes wie in Schweden gibt es hier nicht und wird auch nirgendwo gefordert, Sabrina macht es einfach. Weder Betriebs- noch Haus-Züchtigungen werden von der Politik gefordert, die Frauen schlagen einfach auf den Hintern des Mannes. Basta! Trotz der harten Ansage durfte ich Sabina heute vögeln, ich gab mein bestes.

Das sogenannte „Antiprostitutions-Gesetz" wurde jetzt abschließend vom Bundestag beraten und beschlossen, es tritt zum 1. 1. 2027 n Kraft. Damit darf weder in Zeitschriften mit Anzeigen, noch auf Plakaten oder Internet-Spots für käuflichen Sex geworben werden. Huren und Frier müssen sich bei den Gesundheitsämtern registrieren lassen. Mich belastet das persönlich wenig, denn ich bin vor vielen Jahren nur zwei- oder dreimal in den Puff gegangen. Heute würde ich so etwas nie mehr tun, nicht weil ich mich registrieren lassen muss, sondern weil mir keiner steht, wenn ich dafür bezahlen muss.

München, 20. 11. 2026

Die Frauen haben eine schwedisch-deutsche WhatsApp-Gruppe gebildet. Sabrina, Bettina, Birgitta und Kim! Erst hat es mir Bettina wohl unabsichtlich erzählt, dann bestätigte es Sabrina: „Ja, sie lerne sehr viel von ihren zwei schwedischen Freundinnen, wir werden alle davon profitieren!" Die krassen Auswirkungen bekam ich postwenden zu spüren: Nicht nur Sabrina ohrfeigt mich in der Wohnung und versohlt mich mit dem Stock, seit Bettinas Einzug in meinem Zimmer, nein, nun hat auch Bettina das Züchtigungsrecht über mich erhalten. Fast täglich nutzt sie dies und es macht „Pitsch-Patsch" und reibe mir die Wangen, wenn ich etwas sage was der Lesbe nicht passt. Wenn ich motze, dann heißt es nur: „Wir gehen jetzt auf dein Zimmer, Robert!" Dann muss ich meine Hosen ausziehen und mich über die Stuhllehne bücken.

Sabrina verhaute mich bisher dreimal auf diese Art, Bettina in nur einer Woche zweimal. Bei ihr muss ich zuvor noch den Keuschheitsgürtel anziehen und nach der Züchtigung eine Stunde lang anbehalten.

München, 27. 11. 2026

Die WhatsApp-Gruppe „Vier Freundinnen" hat sich nun einen Coup besonderer Art geleistet: Kim hat mit Billigung Birgittas die schwedische Zustimmungs-*Samlag*-App an Sabrina und Bettina geschickt und sie können sie nutzen! Wie das technisch genau funktioniert verstehe ich nicht, jedenfalls habe nun auch ich sie in schwedischer Sprache. Das stört mich nun am wenigsten. Es wurde jedoch von den beiden Frauen entschieden, dass ich Anfrage zum GV nur noch per *Samlag*-App an Sabrina stellen darf, an Bettina keine. Sabrina kann mich zum GV auffordern, was sie hoffentlich bald tut, aber bisher leider noch nicht gemacht hat. Beide Frauen dürfen an mich Anfragen zum Muschi-Lecken stellen, was sie beide auch bereits getan haben! „Wie lustig so eine App doch ist, die verdoppelt für uns klar den Spaß am Sex", strahlte Sabrina.

Ich habe innerhalb der letzten Woche nun drei GV-Anfragen an Sabrina gestellt, sie hat zwei vollständig abgelehnt und ein zum Muschi-Lecken umfunktioniert. Das tat ich dann, was blieb mir auch übrig. Natürlich lecke ich auch ihre fleischige Muschi sehr gerne aus, spiele mit der Zunge um ihren Kitzler und freue mich, wenn bei ihr das Bächlein sprudelt. Zum Trost hat sie mir hinterher mit der Hand einen runtergeholt, damit ich abspritzen konnte. Sie ist halt meine Frau und liebt mich noch immer! Bei Bettina ist das anders gelaufen: Sie kam nach meiner Zustimmung zum "*Slieka*" in mein Zimmer und forderte mich auf den Keuschheitsgürtel anzuziehen. Als ich das erledigt hatte, legte sich nach wenigen Augenblicken breitbeinig auf mein Bett und bat mich in barschem Ton ihr die Muschi auszulecken bis sie kommt. Das tat ich trotz ihrer Ruppigkeit sehr gerne, ich kenne mich da ja nun mit Mösen etwas aus. Bettina har auf dem Venushügel einen kleinen Kranz ihres dunklen Haares stehen lassen, ansonsten ist auch sie wie Sabrina rasiert. Ihre Pussy ist etwas kleiner als die von Sabrina, nicht so länglich, sondern mehr knubbeliger und eiförmig. Ich leckte ihr intensiv die Schamlippen, zuzelte an ihrem Kitzler und steckte meine Zunge so tief es ging in ihr Lesben-Fötzchen. Oh wie sie da plötzlich schnurren konnte, nur schade, dass sie keinen Schwanz dort haben will, jedenfalls gab ich mein bestes. Nach dem sie einen laut hinaus gestöhnten Orgasmus hatte, musste ich jedoch trotz ihres nassen Abgangs noch zwei Stunden den Keuschheitsgürtel tragen, denn „der Orgasmus einer Frau hat nichts mit dem Abspritzen eines Mannes zu tun", hörte ich von der arroganten Tussi mit der süßen Muschi.

München, 4. 12. 2026

Das Anfragen zum Bumsen über die Zustimmungs-*Samlag*-App funktioniert mit Sabrina besser als ich gedacht hatte, immerhin durfte ich sie in dieser Woche einmal Vögeln und einmal Lecken, danach kam ihre Handarbeit bis ich abspritzte. Bettina nutzt mich einmal wöchentlich zum Lecken. Sie ist allerdings sehr eifersüchtig, wenn Sabrina mit mir gefickt hat. Am Tag danach fand sie einen lächerlichen Grund des sauberen Geschirrs, mich sehr heftig zu verprügeln. Sie ist handwerklich sehr geschickt und hat an einem Holzstuhl in „meinem Zimmer vier Ledermanschetten angebracht, so kann sie mich darauf fixieren. Es setzte für mich weit über Einhundert Hieb, ich habe geschrien, es hat sie nicht erweicht. Sabrina hält dann leider zu ihrer Freundin: „Wenn Bettina meint, dass du kräftige Hiebe verdient hast, dann wird das schon so sein und dann bekommst du sie auch von ihr!" Ende!

München, 11. 12. 2026

Gestern hatte Sabrina endlich wieder einen Fick-Antrag über die Zustimmungs-*Samlag*-App positiv beschieden, nachdem sie die letzten beiden abgelehnt hatte. Sie verbringt jede Nach im Schlafzimmer gemeinsam mit Bettina, zum Bumsen mit mir besucht sie mich in meinem Zimmer. Heut züchtigte mich Bettina besonders hart, mein Hintern brennt noch wie Feuer. Offizieller Grund war eine zerbrochene Tasse, doch wir haben genug davon. Klar, ich hatte gestern ihre geliebte Sabrina gebumst, da weint die Pussy und der Gatte darf hinterher leiden.

Heute hörte ich in den Nachrichten, dass eine parteienübergreifende Gruppe von 190 Parlamentarierinnen und Parlamentariern im Bundestag einen Gesetzentwurf eingebracht hatte, der das in Schweden geltende Zustimmungsgesetz mit nur wenigen Änderungen auch in Deutschland einführen will. Bettina und Sabrina tranken daraufhin zusammen ein Glas Sekt, ich meldete mich in mein Zimmer ab und überarbeitete nochmals meine Manuskripte für den „Sex-Report Schweden 2026". Meinen Bericht hat mir der Verlag zur Überarbeitung zurückgegeben, da das IfSDZGF Bedenken gegen einige Formulierungen angemeldet hatte. Ich werde ihn etwas umschreiben müssen.

München, 18. 12. 2026

Sexuell geht es mir derzeit gar nicht so übel, denn gestern durfte oder musste ich Bettina die Muschi lecken, sie hatte eine entsprechende „*Slieka*"-Anfrage auf der Zustimmungs-*Samlag*-App an mich gestellt. Trotz des Keuschheitsgürtels, den ich währen dieser anregenden aber nicht leicht zu vollziehenden Tätigkeit tragen muss, lecke ich sie wirklich gerne. Schade, dass sie nicht mit mir Bunsen will, die Pussy von ihr, würde das zweimal hergeben, aber sie ist eben Lesbe und steht nicht auf Schwänze, Pech gehabt.

Übrigens haben mir Sabrina und Bettina erzählt, dass sie seit mindestens einem Monat mein Smartphone gecheckt haben, immer wenn ich es irgendwo in der Wohnung liegen gelassen habe. „Du bist ja nicht unsolidarisch mit uns Frauen, hintergehst die Bewegung nicht und hast dich nicht auf Porno-Seiten oder Swinger-Chats herumgetrieben, das hätten wir sonst festgestellt!" wurde ich gelobt. Das Kompliment hatte nur einen faulen Beigeschmack, denn ich darf ab heute jeden Abend nach dem gemeinsamen Essen den beiden zur Prüfung vorlegen. St die abgeschlossen, erhalte ich mein Smartphone wieder. Ich weiß, dass Bettina auch im Wiederherstellen von gelöschten Daten fit ist, darum lasse ich das lieber bleiben. Ansonsten vertrugen wir uns prima, ich hatte allerdings auch keine weitere GV-Anfrage gestellt.

München, 25. 12. 2026

Wir feierten gestern zu dritt Weihnachten, es gab für mich sehr eindeutige Geschenke von jeder Frau. Ich erhielt zwei neue Rohrstöcke, eine Reitgerte und eine schwarze Lederklatsche, fünf String-Tangas und eine Krawatte in Regenbogenfarben. Bettina hatte den alten Rohrstock und die neuen Züchtigungsinstrumente mit einem Lederbändchen versehen und sichtbar an einer eigens hierfür angebrachten Leiste in meinem Zimmer aufgehängt. Probeweise bekam ich mit jedem Teil fünf Hiebe auf den Po.

Kim und Birgitta hatten mir einen neuen, noch komfortableren Keuschheitsgürtel der Serien-Nummer CB.20.000-S geschickt. Er soll noch wesentlich länger ohne Unterbrechung zu tragen sein wie mein Standartmodell. Für dieses neue Modell braucht man keine kleinen Schlüssel mehr, nur ein Code, der mit Fernbeding zum Ab- und Aufschließen des CB genügt. Diesen kennt natürlich nur die Besitzerin des KGs und nicht der Träger! Ich musste das neue Teil sofort anziehen und vorführen, er war wirklich etwas angenehmer und ohne Sackzwicken zu tragen. Sabrina war sehr froh und sagte: „Den behältst du jetzt ein paar Tage, vielleicht bis Silvester an!" und verschloss ihn mit ihrem persönlichen Code. Bettina war begeistert, denn jetzt hatte sie ihre geliebte Sabrina eine Woche lang von meinem Schwanz unbelästigt zur alleinigen Verfügung. Die Mädels gingen dann kichern um Mitternacht gemeinsam zu Bett. Ich hatte einige harte Tage vor mir und hoffte auf Gnade und ein Einsehen von Sabrina. Ich muss doch wieder abspritzen können, aber wann?

Vorgestern beriet der Bundestag in 2. Lesung das sogenannte „Nur-Ja-heißt-Ja-Gesetz". Es wurde über alle Parteigrenzen hinweg heftig gestritten, organisatorische wie juristische Fragen hin und her ausgetauscht, doch das Gesetz wird wohl mit kleinen Änderungen in 2027 beschlossen werden. Ob mein Sex-Report Schweden 2026 irgendwelche Auswirkungen hierauf haben wird glaube ich eher nicht. Wahrscheinlich ist eine ausgedünnte Fassung die ohne mein Wissen und meine Zustimmung vom Institut gefertigt wurde, einer Parlamentariergruppe auf Anfrage hinübergeben worden.

München, 30. 12. 2026

Heute hat mir Sabrina den CB-20.000-S endlich abgenommen, ich habe mich sofort richtig gewaschen und eingecremt. Sie hat mich daraufhin gleich manuell befriedigt, ohne weitere App-Anfrage hierzu, toll gespritzt. Das war voll nötig und prima! Ich habe mit KG habe natürlich auch keine GV-Anfragen gestellt. Nach zwei Stunden Pause musste ich dem KG wieder anlegen, Sabrina verschloss ihn wieder mit ihrem code. Sie teilte mir dann zu meinem Entsetzen mit, dass ich dieses

Deluxe-KG-Modell künftig nicht nur zuhause, sondern auch beruflich zu tragen habe, wenn ich mit Frauen zu tun habe die von mir eventuell belästigt werden könnten: „Damit sind derartige sexuelle Eskapaden wie in der September-Woche in Schweden für dich künftig nicht mehr möglich. Du wirst Gesprächsrunden mit Paaren begleiten und mit Damen Interviews führen ohne sie bumsen zu können. Dafür ist dieser sehr komfortable und praktischen CB bestens geeignet, das haben mir auch Kim und Birgitta versichert."

München, 31. 12. 20206

Das ereignisreiche Jahr 2026 geht zu Ende. Nachdem Sabrina mir heute „zur Feier des Tages Silvester" den KG für drei Stunden abgenommen hatte durfte ich sie heute endlich wieder vögeln, ich bin sehr glücklich. Der anstehende Jahreswechsel hat sie wohl etwas milde gestimmt. Allerdings bedeutet der Jahreswechsel für mich mit Sicherheit sehr drastische Einschränkungen, denn mit Frauen wie Emma, Eva und Beatrice bumsen zu können ist ab jetzt für mich wohl passe.

Das fast ausdiskutierte Zustimmungsgesetz wird am 21. 1. 2027 in 3. Lesung im Bundestag behandelt werden, dieser Termin steht bereits fest. Sabrina und Bettina freuen sich sehr, über den „historischen Erfolg der Frauenbewegung in

Deutschland", wie sie dazu sagen. Für viele Männer hier wird das sicher recht problematisch werden, so wie es eben in Schweden auch für eine ganze Reihe krasse Folgen nach sich gezogen hatte, letztlich akzeptierten das Gesetz aber nun fast alle. So wird es hier auch laufen, ich persönlich jedenfalls werde keine Nachteile davon zu spüren bekommen. Ich vergewaltige niemanden und an Sabrina stelle ich einen GV-Antrag über die jetzt noch für uns so genannte Zustimmungs-Samlag-App. Ein deutsches Start-Up-Unternehmen hat bereits angekündigt, eine deutsche Variante der Zustimmungs-GV-App im Laufe der nächsten Wochen auf den Markt zu bringen. Bald wird sie voraussichtlich nur noch GV-App oder lustiger Vögel-App oder vielleicht auch Fick-App genannt werden, das ist für mich dann insofern eine Erleichterung, da der Text dann eben Deutsch und nicht Schwedisch sein wird. Die GV-App-Nutzung wird so für mich etwas einfacher.

Ich bin nur gespannt, ob hier in Deutschland auch bald so wie in Schweden die Betriebszüchtigung für Männer eingeführt wird. Das Sex-Kaufverbot tritt ja schon morgen in Kraft, das Zustimmungsgesetz voraussichtlich zum 1. 2. 2027. Diese Sex-Report Schweden 2026 war für mich eine wichtige Erfahrung, hat viel Arbeit gemacht, aber sehr wenig ....

ENDE

Wörterbuch Deutsch / Schwedisch

Kleines einschlägiges Wörterbuch sexueller und erotischer Begriffe

Deutsch / Schwedisch:

Bist du gekommen?	kom du?
Blasen	ausugin
Bumsen	pippa
Busen	byst, bröst
Danke für	tack för
Dreier haben	kora frekant
Draufsetzen beim GV	sätta Pa
Ehe-Frau	hustru
Ehe-Mann	ökta man
Ehe	aktenskap
Ficken	knulla
Ficker(n)/Durchficken, derb	ficka
Fotze	fitta
Fotze lecken	sliecka fitta

Frau	kwinna
Gatte	make
Gattin	maka
Geil werden	bli kat
Geschlechtsverkehr / GV	samlag
Gut	bra, god
Hintern, Arsch	arsie
Ich komme	jag kommer
Ja	ju
Keusch	kysk
Kitzler	klitoris
Knutschen	kyssas
Kommen	komma
Lecken	sliecka
Lieben, vögeln	älska
Liebhaber beim Sex	älskare
Liebhaberin beim Sex	älskarinna
Männlich, geschlechtl.	mankon
Männlich, Charakter	manlig
Mann	man

Muschi	musen, misse
Muschi lecken	sliecka misse/musen
Orgasmus	orgasm
Orgasmus-Fontäne Frau	squirten
Penis	penis
Pimpern, vögeln	pippa
Polizei / Polizeieinsatz	polis / Poliskar
Popo	bak
Schamlippen	blygdiäppar
Schwanz	snop, kuk, swans
Scheide	slida
Sex haben	sex ha
Spalte	skida
Scheiße	skit
Titten	pattar
Vagina	vagina
Vergewaltiger	valdtäks man
Vergewaltigung	valdtägt
Verheiratet	gift
Vögeln, pimpern	pippa

Weib	kwinna
Weiblich	kwinnlig
Zustimmungsgesetz	samtyckeslag

Zeittafel Sexual- und Strafrecht Schweden 1999 bis 2026

1999

Zum 1. Januar tritt das schwedische Prostitutionsgesetz in Kraft. Es verbietet den Kauf von Sex, das Anbieten von käuflichem Sex durch Sexarbeiterinnen bleiben offiziell jedoch erlaubt. Wird Freiern der Geschlechtsverkehr oder anderen sexuellen Handlungen gegen Geldzahlung nachgewiesen, so machen sie sich strafbar. Sie wandern ins Gefängnis oder erhalten hohe Geldstrafen und können ihren Job verlieren. Weibliche Prostituierte werden nach diesem Gesetz zwar nicht bestraft, defacto jedoch an den Rand der Gesellschaft gedrängt. Ihnen kann, wie geschehen, das Sorgerecht für ihre Kinder entzogen werden.

2006

Die in Schweden erhobene Zahl von Straftaten mit sexuellem Hintergrund wird mit 12.000 pro Jahr angegeben.

2010

Der Enthüllungsjournalist und Wikileaks-Gründer Julian Assange hat mit zwei Schwedinnen einvernehmlichen Sex/GV. Beide gingen zur Polizei, die erste zeigten ihn hinterher bei der Polizei an, weil er angeblich ein benutztes Kondom während des GVs zerrissen habe. Die andere klagte bei der Polizei, dass er bei einem von mehreren GVs mit ihr kein Kondom benutzt habe, sie wolle ihn deswegen aber nicht anzeigen. Die Staatsanwaltschaft klagte ihn daraufhin der „sexuellen Nötigung" an und informierte die Presse, dass Assange werde der "Vergewaltigung verdächtigt" und gesucht werde. Assange widersprach dem und wollte aussagen, es kam jedoch jahrelang nicht dazu.

2016

Die in diesem Jahr in Schweden erhobene Zahl von Straftaten mit sexuellem Hintergrund wird jetzt mit 19.000 pro Jahr angegeben, eine Steigerung um 7.000 also 58 % in zehn Jahren!

2017

Staffan Heimerson, schwedischer Buchautor und Journalist veröffentlichte als Pensionist in der Zeitung „Aftonbladet" eine Kolumne zur #MeToo-Kampagne. Diese führte in Schweden zu einer Reihe von Kündigungen von Männern, denen sexuelle Übergriffe öffentlich vorgeworfen wurde, ohne dies beweisen zu können. In diesem Klima wurde in Schweden kontrovers über das sich im Gesetzgebungsverfahren befindende Zustimmungsgesetz diskutiert. In dem Kontext hatte der beliebte Journalist Heimerson geschrieben: „Das Prinzip der Unschuldsvermutung bis zu einer rechtskräftigen Verurteilung scheint aufgehoben zu sein." Er verglich die Folgen der #MeToo-Kampagne und der drohenden damit zusammenhängenden Gesetzgebung mit der „Hexenjagd mit Zügen von Stalins Säuberungsaktionen". Dies führte zur Beendigung der Zusammenarbeit dieser Zeitschrift mit ihm bis zum Herbst 2018.

Die Zeitschrift PANORAMA schreibt unter dem Titel: „Schweden treibt die sexuelle Korrektheit auf die Spitze" vorausschauend sieben Monate vor Inkrafttreten des „Nur-Ja-heißt-Ja-Gesetzes": Was das Zustimmungsgesetz anbelangt, so scheint es so zu sein, dass eine mündliche Genehmigung ausreichen soll. Wer sichergehen will, dass ggf. vor Gericht nicht Wort gegen Wort steht, sollte sich aber etwas Schriftliches geben lassen, wird derzeit in schwedischen Internetforen gemutmaßt.

2018

Das Zustimmungsgesetz, hier „Nur-Ja-heißt-Ja-Gesetz" genannt, tritt in Schweden am 1. Juli in Kraft. Die Folge: Geschlechtsverkehr ohne vorheriges „Ja" der Frau gilt bei Anzeige der Frau strafrechtlich als Vergewaltigung. Fragebogen in elektronischer und Print Form, sowie Seminare zur neuen Rechtslage zum einvernehmlichen Geschlechtsverkehr werden aus Gründen der Rechtssicherheit Männern, Frauen und Paaren von privaten Beratungsstellen und dem Sozialministerium angeboten.

Auf Grundlage dieses Zustimmungsgesetzes wird am 18. September der erste Schwede (bekannt gewordene Fall) von der Polizei verhaftet. Er hatte mit einer Frau auf einer Party gevögelt, am Tag danach zeigte sie ihn wegen „Vergewaltigung" an. Der Mann lebt in einer festen Beziehung und hat 2 Kinder. Er sagt aus, dass der Sex einvernehmlich war. Es gab vor dem GV kein „Nein" aber wohl auch kein „Ja". Der Prozess beginnt am 23. Oktober, der Angeklagte bleibt in Haft und das Verfahren zieht sich in die Länge. Seine Frau steht zu ihrem inhaftierten Mann.

Im Parlament unterstützten alle Parteien das Zustimmungsgesetz. Das schwedische Kabinett bezeichnete sich selbst als die „erste feministische Regierung der Welt"! Es werden Aufklärungskampagnen zu diesem im Ausland umstrittenen Gesetz durchgeführt um einen „Lernprozess bei allen Schwedinnen und Schweden in dieser Frage zu beschleunigen". Die deutsche Tageszeitung „Die Welt" kritisierte, dass Schweden mit diesem Gesetz „das unromantischste Land der Welt, gleich hinter Saudi-Arabien und Iran" werde.

2019

Die schwedische Staatsanwaltschaft stellt ihre Ermittlungen gegen Julian Assange wg. „keine ausreichenden Beweise" ein. In der Öffentlichkeit wird von begangenen „Sexualdelikten" gesprochen, es ging letztendlich um den Vorwurf des zweimaligen absichtlichen oder unabsichtlichen Kondomzerreißen beim GV mit Schwedinnen. In der europäischen Öffentlichkeit (Deutschland, Schweiz u.a.) beginnt eine Debatte unter Strafrechtlern, ob das „heimliche Abziehen des Kondoms" den Straftatbestand der Vergewaltigung erfüllt, wenn die Zustimmung zum GV nur dem „geschützten Verkehr" galt.

Die erste rechtskräftige Verurteilung eines 38-jährigen Mannes wegen „unachtsamer Vergewaltigung" zu zwei Jahren Haft, wird vom Schwedischen Obersten Gerichtshof im Juli ausgesprochen. (Verhafteter vom 18. 9. 2018) Zusätzlich wird der verurteilte Schwede zu ca. 12.000 € Schmerzensgeld und Zahlung von Verdienstausfall an die Geschädigten auf Grundlage des o.g. „Nur-Ja-heißt-Ja-Gesetzes" verdonnert. Im September wird der inzwischen 39-jährige Gefangene nach Verbüßung der Hälfte seiner Haftstrafe wegen „Guter Führung" nach Hause auf Bewährung entlassen. Dort muss er als Bewährungsauflage eine Fußfessel tragen.

Im Bundesland Berlin wird der „Internationale Frauentag", der 8. März als arbeitsfreier gesetzlicher Feiertag eingeführt. In Schweden wird eine weltbekannte 16-jährige Umweltaktivistin zur „Frau des Jahres" ausgerufen. In dem skandinavischen Land mehren sich die Forderungen, den Frauentag künftig nicht mehr als einen dem Valentinstag ähnlichen Tag zu feiern, an dem Männer den Frauen Blumen schenken, sondern den 8. März als Feier- und Kampftag der Frauenbewegung zu begehen.

2020

Das mit dem Fachausdruck „Upskirting" bezeichnete heimliche Fotografieren von weiblichen Geschlechtsmerkmalen wird für Männer in Deutschland, der Schweiz und Großbritannien gesetzlich verboten. Für diese nun als Straftaten geltenden Taten von Männern wie „unter den Rock und in den Ausschnitt von Frauen zu fotografieren" drohen Geld- und Gefängnisstrafen für die ertappten Täter. In Schweden nimmt die Debatte über „Upskirting" enorme Fahrt auf.

Während der Zeit der Corona-Pandemie vertrat die Stockholmer Regierung den zwar international umstrittenen, aber liberaleren sog. „Schwedischen Weg". Was Ausgangsbeschränkungen und menschliche Kontakte betrifft, wurde eher auf Empfehlungen als auf strikte Verbote gesetzt. Diese Praxis bei der Seuchenbekämpfung stand damals in einem gewissen Gegensatz zur rigiden Politik im Sexualstrafrecht.

Im Nachbarland Dänemark wird am 17. Dezember ein GV-Zustimmungsgesetz nach schwedischem Vorbild als erstem weiteren EU-Land nach Schweden eingeführt. Einige EU-Staaten prüfen diese

Rechtsänderung und wollen die Entwicklung in beiden Ländern beobachten.

2021

Ende Januar wird in Dänemark eine App für einvernehmlichen Geschlechtsverkehr vorgestellt. Die „iConsent"-App ermöglicht nach dem dort vor fünf Wochen beschlossenen Zustimmungs-Gesetz die digitale Einvernehmlichkeit zum GV zu regeln und zu dokumentieren. Die von vielen Dänen auch „Bums-App" gennannte iConsent-App soll Missverständnissen und Missbrauch vorbeugen, ist jedoch umstritten. Die Kommentare reichen von: „ziemlich unsinnig!" bis „endlich ist sie da!"

Für neu abgeschlossene Ehen werden in Schweden 1-wöchige Pflichtseminare für Männer vorgeschlagen, was einer Vorschrift gleichkommt. Für alle bestehenden Ehen haben die Gattinnen das Recht, ihre Männer innerhalb eines Jahres zu einem der „feministischen Umdenke"-Seminare auf freiwilliger Basis zu entsenden. Diese Seminare werden in den Stufen 1, 2 und 3 aufbauend angeboten. Die Leiterinnen dieser Seminare haben das Recht, nicht näher definierte „Strafen" gegenüber den teilnehmenden Männern zu verhängen, wenn diese gegen Seminarregelungen verstoßen sollten.

Das sogenannte „Frauen-Nachpfeifen" wird Männern in Großbritannien und auch in Schweden als sexuelle Belästigung ausgelegt und demnach gesetzlich verboten. Verstöße können von Gerichten mit einer Geldbuße belegt werden.

Auch in Schweden wird „Upskirting" nun verboten. Das Fotografieren von Frauen unter den Rock und in den Ausschnitt soll dort nicht nur wie in Deutschland mit Geldbusen und Gefängnis bestraft werden. In Schweden wird mit „geeigneten körperlichen Erziehungsmaßnahmen für Männer, die mit derartigen Fotos frauenfeindlichen sexuellen Gelüsten frönen und Geschäfte machen" gedroht.

Was durch das Zustimmungsgesetz zu einem gewissen Teil faktisch schon vorweggenommen wurde und in der EU bereits lange diskutiert wurde, tritt nun in Schweden in Kraft: Die Umkehrung der Beweispflicht bei sexuell bedingten Straftaten. Wird ein Mann durch eine Frau (egal ob verheiratet oder nicht) einer Sexualstraftat z.B. (Beleidigung, Nötigung, Diskriminierung, Upskirting, versuchte und / oder durchgeführte Vergewaltigung) bezichtigt, muss der Mann Beweise vorlegen, um einer Verurteilung zu entgehen. Spätestens ab diesem Tag ist jeder Mann zu seinem eigenen Schutz gut beraten und defacto verpflichtet, jeden GV mit (s)einer Frau zu dokumentieren, ihre Zustimmung zum GV einholen und mindestens 5, besser 10 Jahre aufzubewahren.

Ein privates schwedische kreatives Startup-Unternehmen bietet Mitte des Jahres nach dem dänischen iConsent-Vorbild ihren Staatsbürgern ab dem 18. Lebensjahr zur Rechtssicherheit beim Geschlechtsverkehr eine sog. Zustimmungs-GV-App, (samlag-App) an. In der Umgangssprache wird die samlag-App schlicht Fick-App genannt. Die Nachfrage ist enorm hoch und steigt seit Jahren. Nach erfolgreichem Start dieser App wurde sie vom schwedischen Familien- und Gleichstellungs-Ministerium gefördert und das die App anbietende Unternehmen zählt heute in Schweden zu einer der erfolgreichsten „Privat-Public-Partnership"-Gesellschaften.

2022

Die Bezeichnung „Hausherrin" wird in Schweden als feststehender Rechtsbegriff eingeführt. Die Ehefrauen erhalten per Erlass des Sozialministeriums das Recht zur „angemessenen körperlichen Züchtigung" des eigenen Gatten in der gemeinsamen Wohnung, wenn dieser hierfür „Anlass aus geschlechtsspezifischem Grund" gegeben hat. (Definition gesondert) Auch für alle anderen männlichen Gäste in der Wohnung eines Ehepaares hat die Hausherrin das Recht, Stockschläge auf den Hintern und Handinnenflächen zu applizieren, „um männlichen Straftaten vorzubeugen und frauenfeindliche Entgleisungen zu ahnden".

Alle schwedischen Ehefrauen sind nun gesetzlich verpflichtet, ihre Gatten zu 1-wöchigen „feministischen Umschulungskursen" verbindlich innerhalb eines Jahres anzumelden. Dort wird „Angemessenes männliches Verhalten" in der Öffentlichkeit, im Beruf und in der Ehe geübt. Das Züchtigungsrecht für die teilnehmenden Männer geht dort von den Ehefrauen auf die Seminarleiterinnen über.

Neben der bereits bestehenden Ehe für heterosexuelle und gleichgeschlechtliche Paare wird in Schweden der sog. „Dreierbund" rechtsgleich eingeführt. Dies gilt für alle Juristischen und finanziellen Fragen und Leistungen. Im DB sind entweder 2 Frauen und ein Mann oder eine Frau mit zwei Männern verbunden. Alle Rechte und Pflichten für Frauen und Männer gelter gleich mit einer Zweier-Ehe. Das eheliche Züchtigungsrecht über den Mann oder die Männer übt ausschließlich die Frau oder üben die Frauen aus.

Potenzfördernde Mittel (Viagra, Sildenafil, Cialis, Tadalafil u.a.) für Männer unterliegen weiterhin der ärztlichen Verschreibungspflicht. Apotheken dürfen diese Mittel in Schweden jedoch nicht mehr an Männer ausgeben, sondern nur noch an deren Ehefrauen. Für ledige Männer wird der Erwerb dieser Arzneimittel verboten, Ärzte dürfen sie nur verheirateten Männern mit Einwilligung der Gattin verschreiben.

In den Schulen, Universitäten, Ausbildungsstätten und noch zu bestimmenden Betriebsteilen und öffentlichen Plätzen wird in Schweden die Geschlechtertrennung eingeführt. In Aufzügen,

Tunnels und Bädern gilt die konsequente Geschlechtertrennung. Die Erziehung von Kindern (4 bis 14), Jugendlichen (bis 18) übernehmen die Einrichtungen des Sozialministeriums geschlechtsspezifisch und räumlich getrennt. Alle Erzieherinnen haben das Züchtigungsrecht übe die ihnen anvertrauten männlichen Zöglinge.

Das „Männer-Glotzer-Verbots-Gesetz" tritt in Schweden in Kraft. Es verbietet Männern, ein „Unter den Rock- und auf den Po blicken von Frauen". Wird ein Mann beim „Glotzen auf primäre und/oder sekundäre Geschlechtsorgane einer Frau" nachweislich ertappt (Kamera-Überwachung, Aussagen von sich angeglotzt fühlenden Frauen u.a.) wird er mit Geldbuße, Gefängnis o. einer anderen geeigneten Erziehungsmaßnahme bestraft. Ist der beschuldigte Mann verheiratet, wird seine Gattin verpflichtet, ihn nachweislich durch Züchtigung zu versuchen zu bessern.

2023

Der 8. März (Internationaler Frauentag) wird in Schweden zum gesetzlichen Feiertag für Frauen erklärt. Das beinhaltet Arbeitsfrei bei vollem Lohnausgleich für Frauen. Männer hingegen dürfen oder müssen an diesem Tag ihre Arbeitsleistung erbringen. Dieser Frauen-Feiertag wird u.a. zum „Tag des Verzichtes auf den heterosexuellen Geschlechtsverkehr" vom Sozialministerium deklariert, d.h. für emanzipierte schwedische Damen ist ein GV an diesem Tag unpassend oder gar undenkbar.

Das Fotografieren von Frauen „Von unten" durch Männer, egal ob diese mit Rock, Kleid, Hose oder Kimono bekleidet werden in Schweden unter Strafe gestellt. Dies ist eine Ergänzung durch Rechtsprechung zum „Upskirting"-Gesetzes aus 2022, da auch „mit Hosen bekleidete Frauen das Recht auf körperliche Unversehrtheit vor Männer-Fotos" bekommen sollen.

Für Bewährungsstrafen wird in Schweden die elektronische Fußfessel eingeführt, als möglicher Teil der Urteilssprechung. Bei Straftaten mit „sexuellem und frauenfeindlichen geschlechtsspezifischen Hintergrund" wird der „Keuschheitsgürtel" eingeführt. Die sachgerechte Betreuung des Probanden und die medizinische Wartung dieses Erziehungsmittels obliegt den zuständigen Bewährungshelferinnen. Diese haben monatliche Berichtspflicht gegenüber dem Justizministerium.

In Schwedens Betrieben und Verwaltungen wird die körperliche Züchtigung von männlichen Beschäftigten eingeführt. Unternehmerinnen und weibliche Vorgesetzte erhalten somit das Recht, ihre männlichen Untergebenen und Kollegen „aus gegebenem Anlass" mit dem Stock „in angemessenen Umfang" auf das bekleidete Gesäß zu schlagen. Züchtigungen von Ehemännern am

Arbeitsplatz werden deren Gattinnen vom Arbeitgeber umgehend mitgeteilt.

In Schweden wird der Straftatbestand des „Stealthing" im Sexualstrafrecht eingeführt. Dies bedeutet, dass Sex ohne Kondom als nicht einvernehmlich gilt, wenn von der Frau die Zustimmung zum GV nur für den mit einem Kondom geschützten Geschlechtsverkehr galt. Statt wie bisher als „sexuelle Belästigung" oder „sexuelle Nötigung" wird das Abziehen oder beschädigen eines Kondoms in diesem Fall als Vergewaltigung verfolgt und bestraft.

In Schwedens Strafanstalten wird für männliche Delinquenten ein sog. "Willkomm" beim Strafvollzugsantritt und ein „Abschied" beim Verlassen der Haftanstalt eingeführt. Diese bestehen aus jeweils 50 Rohrstock-Hieben auf das nackte Gesäß für normale Kriminalität und 100 Rohrstock- Hieben für sexuell bedingte Straftaten. Tätern mit sexuellem Hintergrund kann im Rahmen eines Gerichtsurteils eine monatliche Stock-Strafe (25 – 100 Hiebe) bei über 3 Monate dauernden Gefängnisaufenthalten auferlegt werden.

Für Strafen mit sexuellem Hintergrund die keinen Gefängnisaufenthalt rechtfertigen wird in Schweden die körperliche Züchtigung statt Geldbuße oder Bewährung als Strafe für Männer verbindlich vorgeschrieben. Hierzu zählen: Fotografieren und Anglotzen von Frauen, verbale unerwünschte

Anmache, frauenfeindliche Witze in der Öffentlichkeit vortragen, Belästigung durch „zufälligen" Körperkontakt, dreiste Einladungen zu Essen oder Treffen u.v.a.m. Diese Züchtigungen finden öffentlich zugänglich und tatort- und wohnortnah statt. Sie werden von den Zuchtmeisterinnen/Erziehungsverantwortlichen durchgeführt.

2024

In Schweden finden wöchentliche betriebliche Pflichtveranstaltungen für männliche Beschäftigte statt um „geschlechtergerechtes Verhalten" am Arbeitsplatz zu üben und zu lernen. Verstöße gegen die „geschlechtergerechte Arbeitsordnung" werden mit körperlicher Züchtigung am Arbeitsplatz geahndet.

Gründung des „Institut für Schwedisch-Deutsche Zusammenarbeit in Geschlechter-Fragen", kurz IfSDZGF genannt. Es wird zu je einem Drittel aus Mitteln der EU, Deutschlands und Schwedens finanziert, die beiden gleichberechtigten Sitze des Instituts sind in Stockholm und Berlin. Ziel des IfSDZGF ist der Austausch von Problemstellungen, Handlungsmöglichkeiten und Erfahrungen zur Verbesserung der Rolle der Frau in den öffentlichen Einrichtungen und politischen Institutionen der beiden Länder. Das Institut berät Unternehmen, Politiker aller in den Parlamenten Schwedens und Deutschlands vertretenen Parteien sowie und erarbeitet Vorschläge für einzuleitende Reformen.

Die körperliche Züchtigung von Frauen für „Unweibliches und antifeministisches Verhalten von Schwedinnen" UnafVeS) wird per Gesetz möglich gemacht. Dies betrifft in erster Linie Sexarbeiterinnen, die ihre Dienste zwar legal anbieten dürfen, jedoch die gesellschaftlich geächtete Prostitution faktisch ermöglichen. (Strafmaß liegt zwischen 75 und 150 Hieben pro Vergehen) Weiterhin trifft das Gesetz alle Frauen, die sexuell bedingte Verstöße ihrer Ehemänner decken oder nicht willens sind, deren chauvinistisches Verhalten wirksam zu bekämpfen. Die Züchtigung der betroffenen Damen soll „maßvoll" (nur 12 – 50 Hiebe) sein, und nur in Anwesenheit von Frauen durchgeführt werden. In begründeten Ausnahmefällen sollen sog. Paar-Züchtigungen in den Wohnungen betroffener straffälliger Ehepaare von staatlichen Zuchtmeisterinnen/Erziehungsverantwortlichen durchgeführt werden.

Beschränkungen beim Kauf „bestimmter gefährlicher Waren" werden eingeführt. Diese Artikel dürfen in Schweden hergestellt und eingeführt werden, jedoch nur im Dreierbund lebenden oder verheirateten Frauen zum Verkauf angeboten werden. Männern (ledig oder verheiratet) ist der Erwerb und Besitz bei Strafe der körperlichen Züchtigung verboten. Diese Artikel sind z.B.: Vibratoren aller Art, Dildos (vaginal und anal) Fotos mit nackten Frauen, pornografische Schriften und Filme, Frauen- oder Männermagazine.

2025

Das schwedische Erziehungs- und Kultus-Ministerium gibt als „Handreichung für die jugendlichen und erwachsenen Schwedinnen und Schweden" eine Art „Sprachkodex" heraus, nach dem sich Frauen wie Männer einer „angemessenen, anständigen und menschenwürdigen Sprache" zu bedienen haben. Die sog. „Gassensprache" soll aus dem öffentlichen und möglichst auch privaten Leben verdrängt werden. Besonders Begriffe wie „Ficken = knulla", „Durch-Ficken = ficka" und „Fotze/Pussy = Fitta" werden auf die rote Liste der nicht zu verwendenden Wörter in Schweden gesetzt.

Die täglichen Umgangsformen werden in Schweden stark reglementiert. Das Anbahnen von sexuellen Handlungen wird Männern durch einschlägige Verbote erschwert und ist defacto fast nur noch Frauen gestattet. Komplimente über Aussehen, Anlächeln, Glotzen, bzw. Anzügliches Schauen auf Körperteile von Frauen und Einladungen zu Vergnügungen werden Männern als „Anmache" generell verboten und als eine Form von „sexueller Belästigung" als Straftatbestand eingeführt.

Die Initiative für längere oder auch nur kurzweilige Beziehungen zwischen Frau und Mann ist in Schweden gefahrlos nur noch für Frauen möglich. Dies führte innerhalb von 6 Monaten zu einem von der schwedischen Regierung nicht erwarteten aber doch erwünschten deutlichen Anstieg der Eheschließungen und Dreierbünden in Schweden.

In Schweden wird ergänzend der Straftatbestand des „Unangemessenen Verhaltens gegenüber Frauen" eingeführt, wozu vermeidbarer Körperkontakt im Gedränge, Schupsen von Frauen, unerlaubte und nicht einvernehmlicher Körperkontakt gehören. Diese dreisten Straftaten werden generell mit körperlicher Züchtigung in der Öffentlichkeit sowie in schweren Fällen auch mit durch Züchtigungen verschärfter Gefängnis-Aufenthalt bestraft.

Ein Erlass fordert schwedische verheiratete Männer auf, ihre Arbeitszeit aus arbeitsmarktpolitischen Gründen zu reduzieren und sich verstärkt um den gemeinsamen Haushalt, die eigene Gesundheit und körperliche Attraktivität zu kümmern. Gattinnen sollen ihre Männer hierbei unterstützen, staatliche Finanzhilfen werden willigen Paaren angeboten. Kinderbetreuung in der Familie wird lt. Erlass des Unterrichtsministeriums als „Naturgegeben für den Mann" in die Lehrpläne eingeführt.

2026

Ehemänner dürfen nur mit Zustimmung ihrer Gattin Geschäfte mit über 25.000 Kronen abschließen, einen Arbeitsvertrag unterzeichnen oder kündigen.

Männern werden von Führungspositionen in der Wirtschaft und in der Volksvertretung ausgeschlossen.

In Betrieben mit über 20 männlichen Beschäftigten sind weibliche Vorgesetzte berechtigt, bei „schweren Verstößen gegen die feministische Betriebsordnung" auch den nackten Hintern der pflichtverletzenden Arbeitnehmer mit bis zu 100 Stockschlägen im Betrieb zu bestrafen. Hierfür sind gesonderte „Männer-Erziehungs-Räume" einzurichten, weibliche Zuschauerinnen sind hierfür zugelassen und erwünscht. In der betrieblichen Hierarchie mit männlichen Kollegen gleich gestellte Frauen, dürfen „aus gegebenem Anlass" (wie z.B. Glotzen auf weibliche Körperteile, ungeschickte Flirtversuche, frauenfeindliche Bemerkungen u.a.) diesen Kollegen als Sofortmaßnahme Hosenspanner erteilen. Widerholungstäter sind der Firmenleitung zur Nackt-Popo-Züchtigung zu melden.

Männer werden verstärkt aufgefordert, keine Vollzeitbeschäftigung mehr auszuüben um die wichtigen Arbeitsplätze den kreativeren und tüchtigeren Frauen zu überlassen. Wenn Männer über 20 Stunden pro Woche arbeiten, werden ihnen vom Gehalt sog. „Überstunden-Abschläge" für diese Stunden abgezogen. Im Verhältnis zur Frau erscheint der Mann als solcher nicht konkurrenzfähig und stellt einen nicht akzeptablen Kostenfaktor für die Wirtschaft dar.

Männerzüchtigungen werden in öffentlich zugänglichen Räumen nahe von Strafanstalten durchgeführt, Frauen und Männer sind hierzu als Zuschauer/innen zugelassen. Freigänger können bei guter Führung das letzte Drittel der Strafe außerhalb des Gefängnisses abfeiern. Hierzu wird der „Kleine Abschied und Kleine Willkomm" (jeweils 50 RS-Hiebe) eingeführt.

Die in Schweden erhobene Zahl von Straftaten mit sexuellem Hintergrund wird nun mit 29.000 im Jahr angegeben. Das ist eine Steigerung von 10.000 Fällen in 10 Jahren, also eine Steigerung von „nur" knapp 53 % gegenüber 2016, als die Erhebung 19.000 Fälle betrug.

In Deutschland wird das Prostitutionsrecht zwar nicht nach schwedischem Muster gestrickt, doch wesentlich verschärft. Werbung für sexuelle Dienste in der Öffentlichkeit sind strikt verboten. Nicht nur Sexarbeiter/innen, sondern auch die Freier, müssen sich beim Gesundheitsamt registrieren lassen. Bezahlter GV ohne Kondom wird zwingend mit Haft bestraft. Das Zustimmungsgesetz nach schwedischem Vorbild wird von einer parteienübergreifenden Parlamentariergruppe in den Bundestag eingebracht. Seine 1. Lesung wird in 2027 stattfinden und hat sehr gute Chancen, eine Mehrheit zu finden. Die GV-App in deutscher Sprache wird von Startups vorbereitet.

Nachwort

1. Dieses Buch schließt mit einer recherchierten Zeittafel von 1998 – 2026. Die für dieses Reportage speziell ausgewählten meist historischen Ereignisse entsprechen in etwa bis Anfang 2021 der Realität. In diesem Jahr kippt die Geschichts-Wirklichkeit jedoch und ab Mitte 2021 wird die Entwicklung quasi vorweggenommen oder „vorhergesagt". Die dann erwähnten Vorkommnisse und Gesetze entspringen ausschließlich der Fantasie des Autors. Sollten wider Erwarten Ereignisse und Regierungsbeschlüsse in den folgenden Jahren so oder so ähnlich eintreten wie vom Autor hier fiktiv unterstellt, ist dies vom Autor weder beabsichtig noch gewünscht, sondern reiner Zufall.

2. Der Autor verurteilt jede Art von Gewalt, insbesondere sexuell motivierte Gewalt, egal ob sie von Frauen gegenüber Männern oder von Männern gegenüber Frauen ausgeübt werden sollte. Jedes reale Gewaltopfer ist eines zu viel.

3. Der Autor unterscheidet sehr genau zwischen einem einvernehmlichen Spiel erwachsener Frauen und Männern und real ausgeübter Gewalt. Beim Spiel ist erlaubt was den Beteiligten Spaß macht und gemeinsam zuvor vereinbart wurde. Dies gilt auch dann, wenn nicht jede erotische SM-Spiel-Praxis von allen Menschen verstanden oder toleriert wird.

München, April 2021